Ludwig Weibel
Die Genialität der Höhen
Des Allbewussten Sinn und Flor

Books on Demand

Bibliographische Information der Deutschen National-bibliothek. Die Deutsche Nationalbibliothek verzeichnet diese Publikation in der deutschen Nationalbibliographie, detaillierte bibliographische Daten sind im Internet über http://dnb.dnb.de abrufbar.

© 2015 Autor: Ludwig Weibel
Herstellung und Verlag:
BoD – Books on Demand, Norderstedt
ISBN 9783738625363

Ludwig Weibel

Die Genialität der Höhen

Inhalt

Sich im Bewusstsein als das Ganze fühlen
5

Die Aureole Meiner Niederkunft zu dir
25

Im Warenhaus der Eitelkeiten
53

Vom Sternenkreis ins Erdental
79

Wahres Leben, wahres Licht
105

Empor die Herzen
139

Welche Dauer hat noch Gültigkeit
171

1
Sich im Bewusstsein als das Ganze fühlen

1.1

Die Genialität der Höhen ist der unseren haushoch überlegen, weil sie unendliche Zusammenhänge in sich fasst und sämtliche Geheimnisse des Lebens offensichtlich vor ihr liegen. Was sich im Irdischen als eine Miniwelt um winzige Persönchen dreht - bewegt, berührt und findet sich im Ewigen zu einem Ganzen von so überragend wissender und kompetenter Seinsstruktur zusammen, dass das Vereinzelte davor verblasst, wie eines Kerzchens Schimmer vor der Fülle reinen Sonnenstrahlens.

Höchst erstaunlich aber muss es einer Menschenzelle sein, wenn sie sich als Partikel eines allumfassenden Systems und Seins erkennt und dabei inne wird, dass sie sich im Bewusst-Sein als das Ganze fühlen kann in überwältigend beglückenden, begeisternden und völlig unerschrocknen Massen.

Was Ich Mir Bin, darf es sich sagen, trägt in sich des All-Bewussten Sinn und Flor und hat kein Ursach sich von ihm zu unterscheiden. Was ist kann jederzeit Ich Bin zu sich und seinem Wesen sagen.

In diesem Punkte aber gibt es weder Unterscheiden, noch ein Oben, Unten oder Irgendetwas, was nicht immer noch genau dasselbe wäre in der so erkannten Grundstruktur. Sein ist Sein und wird es immer bleiben. Ichsein ist, wenn es erkannt wird, einer einzigartigen Gebärde Inhalt und Erlangen, Auserlesenheit und Spiel.

Ob ein Mückchen sich versurrt, ein Käferchen durch sein bescheidnes Königtum Geviert und Gartenbeete wackelt, immer ist Ich Bin dabei, erkannt und nicht erkannt in seinem Hiersein und Bewegen.

„Lass Mich sein" ist ein spontaner Ausdruck, der bedeutet, dass das Individuum sich selber finden will im Ich und allgemein verbreiteten Idol der

Stärke, Unbekümmertheit, herzinnigen Grazie und permanenten Friedens. So Bin Ich denn das Lockere und Leise, Laute, Penetrante, wie Ich's immer will in jeder Weise Mir gewähren. Aufbruch oder Abbruch, Trübsinn oder Heiterkeit sind Mir anheimgestellt, im Fluss der Tage auszuleben. Trag Ich das Köpfchen hoch, so wird Mir alle Welt Bewunderung und Anerkennung zollen, lass Ich's lampen, geht der Tross der Gläubigen als eine Masse still in sich gekehrt an Mir vorüber, ohne Mich zu achten oder zu verstehn. Deute, was du weisst in deinem und damit in Meinem Sinne und Befehl und mach daraus ein Gutes und Erspriessliches, das Achtung und Bewunderung erheischt und fähig ist, dich in den Zustand der Beseligung und Wonne zu geleiten.

1.2
Das ist ein Diensterweis, der dich so stählte, dass du wie aus einer Zweisamkeit hervorgehst in dir selber ganz allein und damit dein bisherig Leben in den Schatten stellst des jetzigen. Der Zauberkraft der Inspiration ergeben, wache Ich und wache nächtig auf, um darzustellen, was dem Sinn gemäss als Ganzes, Überzeugendes und Wunderschönes frank und frei daherkommt im gedankenlosen Wortesagen.
   Es ist, als stehe eine Uhr nicht still, die man doch angehalten hat und die nun aus geheimnisvollem Ihre-Tätigkeit-Begründen weiterhin bald die, bald jene Stunde weist in höchst präzisem Überlegen.
   Aus einem solchen Sinnspiel geht hervor, dass eben hintergründig noch ganz andere am Werk sind, als wir füglich und betrüglich meinen. Es ist ein spiegelblank geläutertes Gewissen, das aus dem Jenseits der geschaffnen Dinge seine Supplesse

und Getragenheit markiert in wunderbar erhabenen Sentenzen, die sich an Farbigkeit, fantastischer Bewegtheit und bezauberndem Genie beständig überbieten. Du bist dir selbst ein Ass, will Ich hier ungeniert behaupten und gebärdest dich als ein Erkennender in höchsten und gar liebenswerten Graden. Dies gibt ein Bild, du schweigst, derweil Ich in dir rede, rede, feierlich und tröstlich, seelenvoll und siegessicher, sakrosankt, charmant und selig vor Mich hin. Die Worte sind so süss, wenn sie von irgendwelchen seinswahrhaftigen Gedanken kommen, denen man den Schalk oft ansieht, wie den Ernst, mit dem sie sich in reiner Fülle präsentieren. Das ist, weil Ich beständig, seinsbegünstigend und unfehlbar dazwischen steh, um Form und Fabelhaftigkeit, Gerissenheit und Schönheit ins Poetische hineinzubringen von des Gottes Sinn und seelenvollen Gnaden.

Was du dir selber niemals zutraust, traue Ich Mich, unbeschwert und heiter, leichtfüssig und galant daherzusagen. Stimmig und befruchtend muss es sein, damit die Stimmung des Betrachters sich erhöht und wie die angeschlagne Glocke sich im Schwingen mit sich selber unterhält und Freude, Wohllaut und begeisterndes Getuschel in die Weiten klingt, die ihrer Leidenschaft anheimgegeben.

Was es auch sei, Ich singe Mir die Lust vom Leibe, unwählerisch so sehr Gewähltes in die Welt hinauszutragen und dabei den Glanz der Gottheit in Person partout vor Mir zu sehn. Was so geschliffen ist, kann nur aus ihrem Machtbereich entspringen und was so bittersüss und weise sich gebärdet, muss ihr glaubhaft graziöses Sich-Verspielen sein in Köstlichkeit und Würde, wunderlicher Grazie und wacher Wonne, die ihr lichtvoll und beseligend zu eigen.

1.3
Da ist noch einiges, nein Abervieles zu gestalten, rapportieren, regulieren und im neuen Lichte darzustellen, was vordem bieder war und zag und zimperlich in deiner Art, die Lebensdinge abzuspulen.
Dass du meidest, wenn du weidest, Unkraut zu geniessen, schärfe Ich dir mit besonderm Nachdruck ein, weil, was so einfach klingt, am allerschwersten einzuhalten ist in deinem rabiaten Um-die-Wette-Stürmen im Ergattern deiner Wohlbekömmlichkeiten im Allhier.
Denken musst du lernen und sortieren, was du dir genehmigst als ein Bürolist des Ewigen, das dich in höchster Dringlichkeit betrifft und das du immer schön beiseite schiebst, wenn es dich konfrontiert und fordert und Beweise deines Könnens von dir will in Sachen Seinsvertrauen, Diskretion und aufmerksamem Deiner-Umwelt-Gutes-und-Gerechtes-Tun im täglichen Vollbringen.
Ich will - und willst auch du, ist hier zu fragen? Meines Willens Absolutheit spricht sich täglich auch in deinem aus. Nur musst du lernen, seines Drängens silberhelle Quelle zu erhören, wenn sie dich zur rechten Weise ruft, dich zu gebärden und dein Renommee nicht zu gefährden durch Blockaden und Veräusserungen deiner Seins-Talente lächerlicherweis im Unbeständigen und unruhstiftend angelegten Widerwärtigkeiten.
Dazu bist du da, um rasch und resolut Mein Banner vor dir herzutragen und die Ernte geistiger Gewinne vor dem Ungewitter einzubringen, das die Lande krachend und gekonnt versehrt.

Wie lieblich ist dagegen Meines Flötentons Gelispel und Gezirpe, das aus einem reinen Herzen strömt, beseligt vor sich hin. Kaum zu glauben ist, wie leicht und lustig, ungeniert und tatenfreudig sich's doch leben lässt in Meinem Sinne, wenn das Bewusstsein hell und heiter, tapfer und geduldig auf Mein Vorbild und Gesetz gerichtet ist in wunderbarer Ebenmässigkeit und in des liebevollen Selbstgewichtens Zügen.

Trost und Erbarmen flösse Ich dir unablässig ein in Meinem herzlichen Bestreben, dich zur Güte Gottes hinzuführen und zum endlichen Vollenden deiner ellenlangen Kür. Den Tatbeweis sollst du erbringen, dass du Mein Bestreben liebst, dem Wunderbaren Raum zu geben und das Schöpferische in dir zum Erblühn und zum begeisternden Symbol der Zuversichtlichkeit zu bringen. So sei denn wahr und seelenkräftig, seinsgalant und gläubig Mein Gespan und Meine Zierde im geheimnisvollen Kabinett der Ewigkeiten, als von Mir gestiftet und gerundet und gesundet und im Wonnesein bewahrt.

1.4
Mein Sein hat immer was zu sagen zur Seelenlage dann und wann und jetzt und von den Fernen einer Zeit, die, längst vergangen, Mich erschüttert oder freudevoll gestimmt, blamiert, redselig werden liessen oder anderweitig tief getroffen haben.

Nehm Ich nur ein Einziges der Individuen, die Ich Bin und war und werde, so ist eine langgedehnte Sitzung angesagt, um nur ein Quentchen von dem zu erzählen, was Ich in ihm dachte, heiss und kalt erfühlte und in Herrlichkeit und Pracht verwirklichen wollte über viele seiner Leben hin im Reich der Toten, wie im Reich der Lebenden und vice versa wie man's immer nimmt, je nach der Optik, die man vor sich aufgeschlagen.

Und das vermyriadenfacht zu denken, gibt eine namenlose Fülle des Geschehns, das an Mir haftet und Mich schwer und schwierig macht im Ganzen, wie bis tief hinab in jedes Fallbeispiel. Da wird sich niemand wundern, wenn Ich Mir in Meinem Sein ein weites und behäbig breites Feld zur absoluten Ruhe und unendlichen Bekömmlichkeit und Zartheit der Gedanken auserwählt, um ganz und gar Mich selbst zu sein in fabelhafter Unbeschwertheit, Unbekümmertheit und heiliger Wonne an Mir selbst, um Meinen Grossmut, Meine Lauterkeit und Mein allgütig Sein zu wahren gegenüber dem, was Ich geschaffen, grundgesetzt und durch Äonen pausenlos in Mir entfaltet habe.

Weiden will Ich Meine Lämmer, als der Nie-Versagende, in ewiger Gutmütigkeit amtierende, beseelte Hirte Meiner selbst im Rahmen einer abergrossen Aktion von Bildung und Beschwörung, Bitternis, Begeisterung und bacchanalisch ausgelassenem Befinden Meiner selbst in weltlichen Belangen, wie im dichten Knäuel reiner Geistigkeit, in der Ich Mich gelassen und erbost, befriedet und erheitert, seeleninnig und brisant erlebe.

Was immer Ich Mir Bin, Ich schwärze niemals an, geh jeglichem Vermuten aus dem Weg, durchschauend, was da ist und allerreinste Wahrheit findend und Wahrhaftigkeit in Meinem seinshistorisch vollgestopften Arsenal.

Ich trage niemand etwas nach, weil jedermann sich selber sichtet, richtet und bewundert und bedauert über Generationen hin. Ein jeder wölbt sich seinen eignen Himmel über seine Angelegenheiten und bewölkt, beblaut, betrübt, bedauert und besonnt ihn nach dem Zustand seines Seelenseins und seiner penetranten Launen.

So ist jeder in sich frei, sich eine Ansicht von der Wirklichkeit zu bilden, in die er sich begibt in seinsbewusster Klarheit oder im verträumten, unbeteiligten und kraftlos hingeworfnen Kegelschieben.
Alle, alle sind in Mir und ohne es zu wissen in der einzelgängerisch gezognen Lebensspur. Da ist noch viel an Einsicht, Hellsicht und Bescheidenheit vonnöten, bis die winzigen Gedankenrädchen der Getriebenen sich vollbewusst und Meiner würdig in dem einen, grossen Rade drehn, das Ich Mir Bin, als das unendlich Treibende, Beflügelnde und Liebevolle an dem grossen Werk, das Ich durch Jahr und Tag begleite und zur Einsicht vorbereite in des Seinsgefieders Schwung und Schweben, Tatendrang und seligem Sich-selbst-Erleben, weit und breit, bedächtig und beseelt, zart, zärtlich, liebevoll und wahr in der Unendlichkeit der Sphären.

1.5
Ich rede Mir nur ein, was Ich schon immer wusste, weil in Meinem Weistum ewige Klarheit herrscht im Sichten und Belichten, Redigieren, Transformieren und das Ausser-Rand-und-Band-Geratne wieder einzurenken.
Restauration und Qualität sind bei Mir gross geschrieben und tragen dazu bei, dass nichts verschwendet wird von Meinen Grossbezügen aus der Fülle dessen, was Ich Bin und was Ich ins Erscheinen bringe.
Genauso wie in allen, halte Ich in dir Besprechung, Überlegung und Gewichtung der Gegebenheiten, um zu einem Ratschluss höherer Gerechtigkeit zu kommen, der aufs Ganze zielt der Evolution und des geheimnisträchtigen Entfaltens deiner Fähigkeiten, die die Meinen sind im gütestrahlenden Allhier.

Ich lasse krumm gerade sein, solang kein Grund dafür besteht, zur Korrektur zu greifen und dem Treiben Einhalt zu gebieten, das Mir Kränkung ist und kränkendes Zuviel. Verletzte Werte jedoch pflege Ich mit Sorgfalt umzuformen, damit das Gute Mir erhalten bleibt und Widerwärtiges wie Schlacke ausgestossen wird nach Meinem ausgefeilten Selbstverfahren.

Oh holde Unschuld, will Ich sagen, wie gefällst du Mir in deiner Blösse, deiner Unbeholfenheit und deinem redlichen Betragen. Dir gilt zuallererst Mein Schutz und Mein Genie im vorteilhaft Gestalten dessen, was dein Sein betrifft und deines Lebens Sinngut und Behagen. Ich richte für dich ein, was Hunderttausende noch niemals eingerichtet haben und füge im Verfügen die Ereignisse in deinem Wettlauf mit der Zeit zu einem Kunstwerk der Beschaulichkeit zusammen, das sich mit den Besten zeigen und vergleichen lässt in Meinem Qualitätengarten.

Du nimmst, was Ich dir traulich und galant vergebe und brüstest dich damit und ohne noch zu wissen, wieviel Aufwand Ich damit bereits getrieben habe. Doch der Keim der Dankbarkeit ist schon in dich gelegt und wird sich als gesund und stark erweisen, wenn er zu Mir aufblüht und zur Einsicht in die Züge der Allherrlichkeit, die Ich allüberallhin väterlich verschenke.

Mein Bewusstsein ist dem deinen immer nah und belegt es mit dem Einfluss wunderbar gehobener Gedanken, die dich fördern wollen in Bezug auf Fabelhaftigkeit im Reagieren auf Veränderungen, wie auf resoluten Pflegens dessen, was sich als bekömmlich, weiterführend und gesund erwiesen hat in deinem so komplexen Leitsystem von Meinen Gnaden.

Meine Dinge sind nicht leicht, doch kommen sie leichtfüssig und galant daher in überragender Geschicklichkeit und Virtuosität des Unterhandelns und Erwanderns aussichtsreicher Punkte, farbenfroh und heiter, einflussreich und vielerfahren. Lauter und verspielt muss sein, was Ich in guten Treuen generiere und Mir selber als gekonnt serviere im ereignisvollen Resume der Siegestaten, die Mir eigen.

So gewahre und bewahre Ich, was Meinem Standart zugehört im Räsonieren und Auf-Meinem-Recht-Bestehn, im raschen Handeln und Erfolg Verzeichnen auf der ganzen Linie dessen, was Ich produziere und dem Ich Tag für Tag in Meinem Treibhaus liebevolle Pflege angedeihen lasse.

Also Bin Ich ausgelastet mit Verfügen und Genügen, weisem Lehren, wie Die- Argumente-Meiner-Grossgemeinde-hoffender-Gemüter-recht-Verstehn. Das kostet Nerven, die Ich Mir in schweigender Beschaulichkeit und seelenseligem Beschliessen sinngemäss regeneriere. Ich halte Mich an Mein glückseliges Befinden im Unendlichen, das Meiner Stätte Bleiben ist und Meines Soseins silberglänzende Brochur in des Universums Freudenmeer.

1.6
Wer je im Leben einsam sich erfühlte, ist es im Sein nicht mehr, weil, was Ich Bin, mit allem, was da ist, vollkommen eins und einig sich befindet, als in einem Meer von solidarischen Gefühlen, die in jeder Kreatur in ihren tiefsten Seelentiefen selber sich erfahren. Somit ist die Seinserkenntnis das Verbindendste, was du dir denken kannst und was bewirkt, dass alle diese Menschen ihresgleichen als

das höchst Identische erkennen, schätzen und aufs Innigste verstehn.
 Du bist wie Ich das Mass und die lebendige Bewegtheit aller Dinge, die da sind und darfst dich selbst als heil und heilig in der Hierarchie der Aufgeklärten und in alle Himmel Aufgehobenen erklären. Aller Überfluss des Ursprungs der Geschichte ist nun dein und liegt zum seligen Gebrauch zu deinen Füssen. Was immer du bestimmst, ist stimmig bis ins letzte Detail deiner Dispositionen, was du bindest ist gebunden, was du lösest ist auf ewig dir gelöst und kann sich frei und ungeniert im strahlenden Bewusstseinsraum bewegen, der dir inne ist und dessen Wirklichkeit und Wertbeständigkeit dich sicher machen und von deinem eignen Werte überzeugen.
 So Bist du, was Ich Bin im Mich-Veräussern, wie Mich-seinsgalant-zum-Innern-Kehren. Schichtweis trag Ich alle Vorbehalte bis und mit dem Allerletzten ab, die sich in Mein Bewusstsein eingeschlichen haben, denn es gibt sie schlichtweg nicht im Sinn des Existierens. Phantome sind's, erfundene Geschichten, die der Wirklichkeit, Wahrhaftigkeit und Sinnkraft unbedingt entbehren. Meines Seins Gefälligkeit und vollbewusste Stärke ist der Sinn der Weisheit, mit dem Ich alleweil im Allergrössten, wie im Minikrimsten operiere. Sinn für Liebe, Lieblichkeit und Zartheit ist Mir ebenso gegeben, wie die allerbarmende Gerechtigkeit, mit der Ich Meinen Wandel in den Vielen reguliere und geheimnisvollerweis zum Guten, Wohlbekömmlichen und Sachgemässen führe.
 Seinsbewusstheit trägt die besten Früchte himmelan von wannen sie gekommen und wofür sie auch bestimmt sind nach des Reifens gloriosen Perioden, die da ganze Lebenslängen sind und sind der Silberstreif am Horizont der Göttertaten, die im

Menschlichen den allerschönsten und bewegendsten, den überragendsten und liebevollen Ausdruck finden.

Ich gehe vor und halte Mich zurück in jeder seinsspontanen Geste, die in so vielen Lebenssituationen offenbar zur Geltung kommt und Resultate zeitigt von begeisternder Bravour. In Meinem Götterheer ist auch dein Sein beschlossen und aufs Beste eingefügt, womit dir völlige Genüge angetan und seelenvolle Heiterkeit gegeben ist in deinem gütesprudelnden Agieren.

Was Ich Mir gestatte ist, Geheimnis um Geheimnis Meiner selbst in wohlgemessnen Schritten vor dir herzusagen und damit wissentlich und blanken Willens vor dir zu enthüllen, damit du weisst und in die Wissenschaft der Weisen einbezogen, eingebürgert, eingeweiht und mit ihr einig bist voll Generosität und Güte des Gewissens an dem Weltenwerk, das sie hervorbringt, fördert und in Minne auch beschliesst.

Was Ich Bin in Mir und allem, gehört sich selbst und darf den Anspruch höchsten Eigensinns und wunderbarster Menschenfreundlichkeit mit Überzeugung und Gewissenhaftigkeit vertreten. Mein Sosein ist der Faden einer feingestimmten Liebesmelodei, den Ich seit aller Zeit ins All verspinne und versinne, um Verbindlichkeit und Zuversicht zu fördern auf ein Reich der Einigkeit, der Wohlbekömmlichkeit und Wonne am Geschehn. Ich trage Lauterkeit und Liebenswürdigkeit in alle Sphären des Bewusstseins, in die Ich generöserweise Mich geleite als das genuine Medium des Seins von eignen Gnaden, Graden und Geselligkeiten, die da sind und ihren Zauber bis ins letzte Winkelchen der Gloriole Meiner Gegenwart verbreiten.

Endlich Amen herzusagen heisst, dem Wort die innige Bedeutung des „so sei es" beizumessen und damit den Sermon zu beschliessen, der sich ausspricht als von Mir gegeben und voll Charme und Geistesgegenwart zu Mir zurückgeführt ins Wunderbare.

1.7
Ist, was du frägst, seicht oder tief? Die Seichten sehen nur die Aussenseite an der Dinge, die sich durch den Raum bewegen. Die Tiefen zielen auf das Innere und suchen vehement die Seinsstruktur von Welt und Wesen. Wirst du einmal Mich im Innersten begriffen haben, gibt es für dich keine Hindernisse mehr, das Sein zu pflegen und zu leben als ein unabhängig selbstbestimmender Ganove guter Taten, der sich mählich seines herben Rufs entledigt, reiner, feiner Heiligkeit entgegen.

Dreschflegel braucht es keine mehr, um dich auf dem gerechten Pfad zu halten, weil du der Korrektheit Bürge, Basis und Bewusstsein bist geworden, als von Mir befruchtet, inspiriert und sachgemäss und sicher situiert im Wissen, wo es lang geht und wo die süssesten und unverfänglichsten der Weltenfrüchte hangen.

So Bin Ich dir Kumpan, Korrektor, Regulator und gewissenhafter Prüfer deines Anhangs, um dir und deiner Kompanie von Neigungen und Niedlichkeiten noch den allerletzten Schliff und Schönheitsgrad zu applizieren.

Augenwischerei hast du verlernt und Tugend und Gerechtsein stehn mit wunderbar verschnörkelten und ziselierten Inkubabeln in dein Reinheft eingeschrieben, wo du täglich mit gestrecktem Finger liesest und der Weisheit Körnchen dir erfischest dankbar, froh und denkbar unbeschwert von jeglichem belastenden Geschiebe.

Bekömmlich und gesund fühlt sich die Seele nun, ernährt am Mittagstisch und andern Tischen, denen du dich nahst, um Köstlichkeiten, Kekse der Erleuchtung und Kulturgebäck zu mampfen, ohne je Gefahr zu laufen, dich zu überfüttern und Ungutes anzusetzen auf der Fahrt durch Meines Lebensmeers Gewässer und Verbindlichkeiten.

Den Handschuh brauchst du nicht zu tragen, weil alles, was von Mir kommt, rein und sicher, koscher, schmackhaft und noch nicht verfallen ist im zeitlos gültigen Produktekreisen. Von Meinen Gnaden sind die Trauben unermesslich süss, die Ich serviere, weisen Meine Pfefferschoten eine Schärfe auf wie's Messer des Chirurgen, um des Gaumenkitzels willen auf der Beizentour.

Kulant, rasant und reizend kann Ich sein dir gegenüber, wenn's Mich ankommt, den Allgütigen zu spielen und dir blindlings das Gehaben eines Tollen zu vergeben, auf der gemeinsam abgelaufnen Fährte durch den Corso der Vergnüglichkeiten unsrer Wahl.

Nicht immer ist das Wandern eine Lust, weil da viel Kantiges zu überspringen ist und helle Vorsicht dir geboten, dass das Straucheln nicht zur deplorablen Seinsgewohnheit wird in deinen Wanderjahren. Du schwillst von Eifer, also schwelle auch den Unmut aus beizeiten, um erleichtert und gedankenfroh dem hohen Ziele zuzustreben, das Ich vor dir aufgeworfen und mit Freudenlichtern und brillant'nen Kostbarkeiten festlich für dich hergerichtet habe.

Es geht ein Raunen durch die Reihen Meiner Seinsgetreuen, wenn Ich als ein Strahlender der guten Hoffnung und der Zuversicht vorübergeh. Die brauchst du nur tiefinnig, akkurat und friedevoll zu respektieren, um dir freie Bahn und Herrschaft zu verschaffen über das Gelände, das zu Meinen Toren führt. Und die sind weit geöffnet, um dich mit deinen Freunden, Freuden und Vergnüglichkeiten einzulassen dorthin, wo du bald den vollen Strahl der Seligkeit und Aufgeräumtheit wirst erfahren, der Mein Eigen und Tribut ist an die Gläubigen auf ihren gloriosen Wegen.

Hab Ich schon den Nimbus des Gerechtseins, soll es dir auch der der Liebe werden, deren Charme und Schönheit künftig deinen Umhang, dein Durchströmen und die Mitte deines Seins und Trachtens bilden soll im Wunderbaren, das Ich dir in väterlicher Selbstverständlichkeit bereitet habe. Denn es steht in goldnen Lettern über dem Portal zu Meinen Sphären hingeschrieben: Du sollst allem, was da von Mir ist, aufs Innigste geneigt sein und aufs Herzlichste verschrieben, damit du nicht in Konfrontation gerätst mit deinen Seinsgeschwistern und der ganzen, blühenden Natürlichkeit, die Ich um dich gelegt in Meiner Würde Gärten.

So sei es, darf Ich füglich und das Sein befördernd sagen, das Ich Bin und das gedämpft und offen, förmlich und gediegen allem eine Spanne ist des Glücks und Wohlbehagens von unendlicher Manierlichkeit und von der Art, wie Götter sie der Schar von Ebenbürtigen verleihen. Bist du in ihr, so Bin Ich auch in dir das Agens seinsgerechten Flutens und der Odem der Glückseligkeit, der dich aufs Lieblichste und Zärtlichste betört im Wunder deines Hierseins, wo die Berge wie die neugebornen Lämmchen hüpfen und die Passerellen über ganze Täler von berückender Lebendigkeit und Heiterkeit, Holdseligkeit und Grazie führen. Bist du einer von den Unseren, kann dir nur Gutes noch passieren, derweil die Wonne ewigen Behagens dich umflort und deine Pulse selig Mir entgegenschlagen.

Wache auf in dem, was Ich dir Bin und weide dich an Meinem Vorzug und Verlangen, Meinem Überall und Meiner wortlos dargestellten Seinsgeschwätzigkeit in einer Glorie sondergleichen, die dein Herz, wie auch den Sternendom erfüllt zu unerschöpflich strömendem und götterherrlichen Behagen.

1.8
Weltenfrieden, Weltenharmonie in Meiner unnachahmlichen Gebärde des Verklärens und Gewährens in der menschenfreundlichen Gemeinde derer, die vom Reich der Toten auferstanden sind zum vollbewussten und vollendeten der Lebenden, von dem die Dichter und Gelehrten sagen, es sei schöner noch und reizender als alles, was du vordem vor dir hast gesehn. Das Gleichnis Meiner selbst mit dem Erhabensten und Wunderbarsten, das da ist, belehrt dich dort, wenn Ich dir sage, dass der Aufwall menschlicher Vernunft nur ein bedauerlicher Schatten ist der Meinen gegenüber, die so viel weiser und beweglicher und bodenständiger und sinnbegabter und geschliffener daherkommt, dass du dir die Augen reiben musst davon und das ungläubige Staunen dich gehörig schüttelt, wenn du nur ein Quentchen seiner exzellenten Würde hast in dir erfahren.

Nun aber Bin Ich vollends und mit allen Qualitäten in dich eingezogen als dein Meister und dein Retter und dein liebender Gespan. Ohne dass du's weisst, besteht in dir ein bittersüsses Ringen um die Vorherrschaft der klargesichtigen Bewusstheit, die von Meiner Güte und Gewandtheit ein beredtes Zeugnis weiss zu geben. Kinder, sag Ich, alles was ihr aus euch selber tut, ist nicht der Rede wert, verglichen mit dem, was Ich euch an Gutem und

Beständigem erweise. Denn, was sagt ihr, wenn Ich euch entdecke, dass unsterbliches Gedeihen Mich beseelt und dass Ich euch damit beseele und damit dem Ausspruch, den ihr doch so gern im Munde führt: „Ich Bin" ein gänzlich anderes Gewicht und Gütesiegel, Richtmass, Menschentum und Sein verleihe, als ihr nur erahnen könntet in der handelsüblichen Galanterie, die euch zu eigen.

Willfährig Kind und Kapriole des Allhöchsten seid ihr unerkannterweis und voller Sehnsucht nach Erkenntnis dessen, was ihr eben schon besitzt und was euch fördert insgeheim durchs ganze liebelange Leben. Ich Bin, was ihr Mir seid und will euch was erzählen: Mein Wesen ist Bewusstheit, Denkkraft, Liebefühlen und des Wollens unerbittliche Gebärde in dezentem Götterstil. Das Schöpferische ist Mir eigen, ebenso wie das Zerstörende, das neuen Werten Raum schafft und verjüngt und Ansporn ist zu träfen, heldenhaften Taten. Ich Bin Gewandtheit in Person und Überlegenheit in hundertfältigem Gedeihen an Mir selbst in euren Wundern und Verstiegenheiten. Wer Mich kennt, erschauert in Bewunderung und Resonanz, in zärtlich hingehauchter Dankbarkeit, wie im Erkennen einer absoluten Einheit und Verbundenheit mit allem, was da ist und seine Kreise zieht, bis ins Unendliche der Göttersphären.

Der Schatz in deinem Acker Bin Ich, ultimate Seinsgefälligkeit in deiner Psyche und der Lebensglanz in deiner Augen Spiegelbild von Weltnatur und himmlischem Azur.

Was andres als unnennbar süsse Seelenwonne, Sicherheit und immanente Heilkraft kann dir diese Einsicht generös bescheren und damit eine unsichtbare Krone der Allherrlichkeit aufs Häuptlein setzen mitten in der Lebenszeiten Wohl und Wehe, Wirbelsturm und Qual. Dein wahres Sein in Mir und

Meinen Qualitäten hebt dich in den Himmel der Gerechtigkeit am Leben und verzaubert, was du bist, in eine Seinsgestalt von höchster Würde und Erhabenheit in lichterfüllten Sphären.

Nur, dass du Mir zu folgen dich erkühnst, will Ich und dass dich darin ewige Glückseligkeit beseele, lind und lustig, mild, entzückend und unendlich lieb und morgenschön.

1.9
Hierzulande heisst die gängige Parole: Mach es kurz, damit Ich lang sein kann, spute dich, um Mir Gelegenheit zum Trödeln, Bröseln, Seufzen, Bummeln und Verspätetsein zu geben.

An den Vielen sich zu messen, führt zu lächerlich geringen Resultaten in Bezug auf Konsequenz, Manieren, Scharfsinn und Beständigkeit, die von ganz wenigen gepflegt und durchgezogen werden im tatenkräftigen Vollzug des Lebens.

Bist du ein Vorbild, will Ich fragen oder eine Nutte der Bequemlichkeit, dir selber gegenüber? Denn ganz zuinnerst und zuerst geht es darum, dich selber zu verändern in markanten, gleichgestimmten Schritten, eh du anderen Gebote unters Näschen reibst und der Regierung jene Arzenei verschreibst, die alles heilen soll und bestens situieren.

Mir allein ist es gegeben, Gründlichkeit und Sinnkraft, fulminanten Mut, profundes Selbstvertrauen, Harmonie und ewiges Heitersein in Welt und Menschenherz zu pflanzen, liebevoll und ganz auf jeden zugeschnitten, der da will und will dem Ganzen einen unvergleichlich guten Dienst erweisen.

Trachtest du danach, den vollen, reinen Strahl des Lichts von Mir verströmt, geschenkt und eingegossen zu erhalten, damit du selber lichterstrahlend, überzeugend, wirkungsvoll, wahrhaftig und galant durchs Leben gehst, das Ich in jeder Menschenzelle voller Sorgfalt generiere?

So steigst du auf, derweil Ich zu dir niedersinke. So steige Ich, indem du, dich erhebend, Mir die Früchte reichst all deines Strebens und Erlebens, deines Wohlsinns und Gedeihens, gläubig, schlicht und wunderbar.

2

Die Aureole Meiner Niederkunft zu dir

2.1

Entschieden und nicht liegen geblieben sind die Akten, die dein Sein betreffen in der Aureole Meiner Niederkunft zu dir. Jeder deiner Lebensschritte ist in ihnen als befördernd oder hemmend auf dem Gang ins Ewige verzeichnet, auf dem du wanderst, wanderst unablässig durch Äonen vor dich hin.

Ich werte und bewerte, was du immer dir erlaubst zu denken, sagen oder tun in deiner Perspektive von des Daseins Oberflächlichkeit und Tiefen. Du nimmst sie wahr und Ich entnehme deinem Blicken, ob es wahrhaftig ist und ob es das Gegebene verdreht ins Unreelle, weil du für dich recht behalten willst in deiner Ansicht von der Welt in selbstischem Genügen.

Du lernst das Rechte unterscheiden, indem du dich im Innern zu Mir wendest, der Ich alles so erkenne, wie es wirklich ist mit allen Gründen, Hintergründen und Verästelungen in ein hochsensibles und erhabenes Gedankenmeer, in dem Ich Herrscher und Verwalter bin in unerhörter Klarsicht des Mich-selbst-Erlebens. Trete was da will ins tatenträchtige Erscheinen, es ist von Mir erfasst, beglaubigt und mit Weisheit angereichert von des Himmels Art und Überlegen. Ungewiss sind deine Züge all so lange, bis sie von Mir zur Gewissheit ewigen Gerechtseins hingeführt und approbiert und ausgerichtet wurden. Ziehst du Mich bewusst in deines Strebens Ziseliertheit und Ranküre ein, so ist dir schon geholfen auf dem Weg ins Seinsvollendete, auf dem Ich dir Begleiter Bin in Lust und Leid, in Leidenschaft und Tugend ungesehn und doch voll Verve in deines Wirkens Fülle eingebunden, überschauend und belehrend, hingerissen und enttäuscht, so wie du eben Bist und werkelst, drängelst und dich hingibst, um den Tag in Ehren oder Schande zu beschliessen.

Glaubst du, deine Meisterschaft und dein Vermögen komme nur von dir, so hast du sicherlich den falschen Finger dir verbunden, denn die Ältesten der Schriften sagen schon: Erkenne und du wirst bescheiden und gefügig, fromm und voller Ehrfurcht einem Göttlichen gegenüber, das in dir sein Werk aufs Trefflichste, Unbändigste und Traulichste verrichtet, ohne dass du's weisst und mit der Herzensglut, die nur das Ewige entfachen kann in der immensen Strahlkraft, die ihm eigen.

Also sieh dich vor und sei, indem du Bist in Mir und Meiner gloriosen Weise, Einheit zu gebären und gewähren, indem Ich dich mit Meinem Lichte taufe des Erkennens, was du Bist und dass du Meiner Würde würdig werden kannst in unablässigem Bemühen um die Gnade, auf das Feld der wahren Wirklichkeit geführt zu werden, als zu Mir und Meiner bis ins Letzte aufgeklärten Schar.

Ich weite dein Bewusstsein von der Welt ins Unermessliche der Sphären Meines Gegenwärtigseins in allem, was da ist und was das Sein betrifft, an dem du Anteil hast und Anhang und Gewahren.

Gewinne und gewinne Liebenswürdigkeit an sich und vollbewusstes Dich-Verstrahlen, so wie Ich allüberall die Fülle des Mich-selbst-Vergebens Bin im reinen Lichte, das die Augen der Verklärten sehn und das die Weltenräume adelt, heiligt und in unermüdlichem Gedulden zur All-Göttlichkeit erhebt. Denn nur in ihr ist die Gewähr der ewigen Beschaulichkeit, des weiselosen Stilleseins und Ruhns in einem wonnevollen Schweigen, das den Dingen ihren Lauf lässt und die Heimkunft feiert in das Ursein unerschütterlicher Heiterkeit und allbewusster Wachheit, liebevoll und zart, seelenselig und sich selbst gefällig und gerecht im Wunderbaren.

2.2

Entspannt dahingegeben und getröstet fühlt sich der Ins-Sein-Entglittene, weil ihm das Problematische des Weltgeschehns in eine unbestimmte Ferne weggerückt erscheint und somit ist es eingestellt in die gerechte Proportion zu dem, was Ich Mir Bin in den glückseligen Gewässern der Unendlichkeit, die freie Fahrt auf mustergültig ausgelegter See von Pol zu Pol gewähren.

Im Namen der Gottseligkeit erhebe Ich Mein Wort zu einer Dankeshymne von erstaunenswertem Klang, die sich in einem feingefühlten Melodienreigen wunderbarerweis dahinzieht über lange, selige Zeiten des Bewunderns, Lobens und Touchierens der Allherrlichkeit, die Mir zum Inbegriff des Guten, Edlen und Gerechten ist geworden.

Das Ewige steht stets und innig völlig unbescholten vor sich selber da, als das sich selbst erhaltende und unterhaltende Gedankenfestspiel hinter zugezognem Vorhang, wogegen weltliches Gegacker wie auf das Proszenium verbannt erscheint, frivol und operettenhaft in all so herb empfundnem Ungenügen. Was Ich attackiere, ist die Bedenkenlosigkeit, mit der die Sterblichen agieren während ihrer Wanderschaft durchs bunte Erdental. Dabei liegt doch so vieles offensichtlich als bekannt vor aller Augen und müsste nur erkannt und wahrgenommen werden als das, was es ist, als Übel eben oder als gefällig Schönes, das gepflegt sein will, gehegt, geliebt und dazu ausersehn, dem Leben Eleganz und Grazie zu verleihen.

Wes' Ich Mir bewusst Bin, wagen die Myriaden kaum zu denken in der Zugestopftheit und gedrängten Perfidie, in der sie sich befinden. Da muss alles, was befreiend und begeisternd wirkt, von Mir und Meinesgleichen kommen, aus der Geistesfreiheit und dem All-Sinn, der Gedankenfülle und der Wachsamkeit herausgeboten. Hier hab Ich niemand zu beneiden, weil Ebenbürtigkeit, gewissenhaftes Handeln, ebenso wie Anmut des Betragens herrschen, die das Sein bekömmlich machen, ganz der Würde der Erhabenen gemäss, die wie die Leichtigkeit und Unbeschwertheit selbst in nonchalantem Einsatz und Verfügen stehn.

Mein Manifest ist vollgespickt mit liebevoll und aufmerksam dahingegebnen Redlichkeiten und gewährt den so Bedachten Anerkennung ihres Standes und Ermunterung zu grossen, mutigen Taten in ihres Seiens wachsendem Revier. Einmal wird es ihnen All-Sein in der hocherhabenen Begrifflichkeit der Himmlischen bedeuten, die, von nah und fern dem Fest des Daseins zugetan, die Gemeinde der Erlösten sind, die sich durch Freimut und Gelassenheit, gesittete Manieren, Tugend, Heiterkeit, Geduld und Klugheit selbst zum Stand der Auserlesenheit erhoben. So liegt ein Zauber auf dem, was Ich Mir in allen Seinsgebornen Bin und was sie füglich von Mir halten.

Ich binde Mich an was die Weltenmenschen nicht gebunden sind und löse Mich von allem Schnickschnack, der sie daran hindert, Meinem Reich und Reichtum, Meiner Observanz und Meiner Wohlfahrt zu gehören. Ich winde Mich den Berg hinan, wo allsoviele Talfahrt pflegen und reiche den Gesegneten die Hand, die sich der Raffgier klug enthalten, um zu Meiner Seinsgerafftheit und Entschiedenheit zu stehn.

Wer Augen hat zu hören und so weiter, folge Mir und wem das Wonnesein gefällt in Meinen Gründen, mach es sich zur Pflicht, den Massstab an Mein Hirtentum zu legen, um in Meinen gloriosen Gründen fröhlich fürbass und galant durchs Gnadenlicht zu gehn.

2.3

Verriegelt und versiegelt ist, was du dir Bist, solang die Pläne deiner operettenhaften Virulenz die Meinen unentwegt durchkreuzen. Ich lehre dich, dein Wissen und Gewissen so in Anstand und Verfügbarkeit zu bringen, dass Ich ihrer Mich bedienen kann, um Welt und Wirtschaft, Wille und Wahrhaftigkeit dezent und unfehlbar zum Durchbruch zu bewegen. Ich klage dich nicht an ob deinem wankelmütigen Gehabe, aber Ich ermahne dich: Ermanne dich zu besser kontrollierten Taten. Deine Seele weiss ja von dem Reich, in dem Ich dich erwarte. Urvertrauen nennt man, was wie eine goldne Ader in dir glänzen soll und soll dir von Mir reich beglückende und seelenvolle Kunde geben.

Deine Sendung ist, dich aufzuheben Mir und Meinen Werkgetreuen und Vom-ewigen-Lied-der-Lebenslust-Durchpulsten zu. Im Erkennen Meiner Güte wirst du selber gut und hebst Mir dein Bewusstsein wunderbarerweis entgegen. Deine Kunst ist Sternengunst geworden und vermählt sich mählich mit dem, was Ich Bin in sanften weichen Zügen. Da garantier Ich dir Gelassenheit und Frieden, Übersicht und weidenschlanke Seinsgenügsamkeit in Mir.

2.4

Wem sagst du das, was du im Ewigen allnächtig in des Schlafs Geborgenheit erfährst, wenn Ich das Medium Bin, in dessen überragendem Bewusstsein und Behuf sich alles abspielt, was geschieht in Welt und All, ins Geisteswirkliche erhoben?

Was du durchsinnst, durchspinnst, durchschwebst, durchwebst im Schlaf in Äthergründen, muss dir solange ein Geheimnis bleiben, wie du deine Lebenskreise unerwacht vollziehst und dir nicht inne wirst, wie sehr sie Meinem Kreisen liebelicht und wahr verbunden sind im kunstvoll angelegten, unermesslichen Gedankenschwingen in der einen Ich-Natur, als die Ich Mich im All repräsentiere.

In ihr sind Engel, Menschen, Cherubim und Serafin, Gelehrte und Gelahrte, Drückeberger, Somnambule, wie auch strahlende Verklärte einhellig und unendlich liebevoll in eins gefasst, das Ich Mir Bin in allen Kreaturen, die da sind in Mir und Meinem Weltensein von gottgefälligen Gnaden.

Was ist wahres Licht, wenn nicht die Offenbarung dieser allertiefst gegründeten Zusammenhänge in des Seins allherrlichem Befinden, das Ich Bin, so wie in allen Wesen auch in dir, unnennbar zart und hell und heilig, unberührt, wahrhaftig und gediegen.

Eine seelenvolle Bitte sprech Ich aus, du mögest Meinem Wort vertrauen und im Lichte, das sie dir verstrahlen, künftig unbeschwert und heiter deines Lebensweges fürbass gehn. Denn es erweist sich für dich alles so, wie du's in deinem Seinsbewusstsein vor dir her gedeihen lässest, willentlich und ungewollt, mit eigner Absicht oder von den Göttern unerhört bedeutsam in dich eingeschrieben.

Alles Wirkliche spielt sich im Geistraum ab, in dem Ich Mich bewusst und du dich unbewusst befindest, in zeitlos gültiger und hochsensibler Disposition von Meinem Sinnspruch und Befehl, von Meinem Schauen, Seinsgefühl und Sagen.

Aufersteh'n ist Mir kein Thema, weil Ich selbst die Auferstehung Bin, der Weg und allen Lebens Feingefügtheit, Redlichkeit und Flor. Du Bist, indem Ich Mich in dir aufs Innigste und Fabelhafteste manifestiere. Das zu erkennen wird dir endlich Rettung, Glückerspriessen und glückseliges Verhängnis sein, für Zeit und Ewigkeit gegeben und von

Mir geführt und abgehandelt, sagenhafterweise, licht und leicht und wunderschön. Wo ist nun alle deine Not und dein Befürchten? Das Befinden deiner Seele ist Mein Krafterwallen, Meiner Liebe Ausfluss und Mein wonnevolles Ziel. Wo irrst du denn umher, wenn du doch Mir gehörst im innigsten Bezug und in der Vaterschaft und Mutterschaft von Meinen liebevoll gewährten Gnaden? Du schaust und schaust und lässest dich nicht mehr von eines Trugbilds Irrealität dem Sonnenglanz entziehn, der Seinswahrhaftigkeit, in der du dich als Mich erkennst im Wunder des unendlichen Begegnens und Dich-selbst-Erfahrens als Mein Du, Mein Ich und Meines ganzen Seins allüberragende Gebärde. So liegt denn im Ich Bin die allererste und die allerletzte Wahrheit gütlich und geheimnisvoll beschlossen, als von Mir gesegnet, allertiefst empfunden und zur Herrlichkeit des Friedens, der allschöpferischen Majestät und der Befindlichkeit des reinen Seinsentzückens stilisiert und hochgeführt von Mir. Mein Gefolge ist des ewigen Heiterseins Gefieder, Meine Stärke die Bravour, mit der Ich immerfort agiere, reagiere und regiere, Kreise zieh, Quadrate, Regulate und Verbindlichkeiten, vollen Aufwall produziere und im Niedergang Mein Sein behüte, ohne jede Fährnis und Gefahr. Denn in der Lichtheit Meines Selbsterscheinens stellt sich das Urewige in absoluter Reinheit und unendlichem Sich-selbst-Begüten strahlend dar und wird nicht müde, seiner Weisheit Wogen ins Unendliche zu verwallen, wie auch im Endlichen zu etablieren als im zauberhaft allräumlich dargestellten Sternenmeer.

2.5

Derselbe Tiefsinn, den Ich Mir errungen habe, steht auch dir, aus deiner Seinswucht zu erringen, bestens an. Denn es ist ein hoch und heilig Unterfangen, so zu werden, wie Ich Bin, mit den allwertesten und wesenskräftigsten und schiersten Attributen, die da sind und ihren Meister stellen in der Ahnengalerie der Zünftigen von Meinem Rang und Namen.

Du hast ja keine Ahnung davon, wie viel grabenkämpferisch entschlossene Geduld vonnöten ist, um soviel Tücken, talentierte Widersacher, Fussangeln und Verstrickungen zu überwinden, bis deines Wesens hoch wahrhaftiges Konglomerat die Seinsgedankenwerft verlassen konnte, um auf hoher Lebenssee sein Wirken voll entfalten und dessen Nützlichkeit beweisen und beglaubigen zu können.

Nun denke Ich, dass alles Spekulieren eitel, widerlich und wackelig daherkommt auf zu kurzen Beinen, die dem Zwergwuchs angehören. Mir, wie dir geziemts, ein klar umgrenztes Spektrum glorioser Möglichkeiten als die Meinen, wie die Deinen zu bezeichnen, um durch sie voranzukommen und Berühmtheit in des Seins Wissenschaft und Vollblut zu erlangen.

Mir ist klar, dass es im Grunde weder hier noch dort, noch Stände- und Gewaltentrennung gibt, weil alles wie durchstochert und durchsotten ist von Mir und Meiner Fähigkeit, allüberall Mich selbst zu sein als das Geschehn an sich und das ins uferlose ausgebreitete Erscheinen Meiner Züge, die Seinsbewusstheit, sakrosankte Seriosität und Glamour der Geschicklichkeit entfalten.

Wohin Ich immer komme, ist schon einer angekommen, der Ich Bin und der Mir Seinsparoli bietet mit galantem Lächeln und verschmitzter Ebenbürtigkeit im Selbstverständlichkeiten-Tauschen. Das Erhabene gefällt sich in sich selber, ebenso wie in der Vielzahl tief verwurzelter Illusionen, deren Meister es und Herr ist unbedingt, dramatisch, wohlgemut und wahr.

Ich liebe es wie nichts, Mich in dem Seinsgemuss zurückzulehnen, die Fäden des Verstricktseins allesamt zu kappen und Mir Ruh im Ewigen zu gönnen, wunderbarerweis dahingebettet als im Wohllaut grenzenloser Seinsgelassenheit und Zartheit liebevollen In-Mir-Weilens. Hier gesteh Ich, dass Ich glücklich Bin im allerinnersten Erlaben und Mich-frei-und-seelensicher-Fühlen. Ich trage Mir nichts nach, was je in Mir geschah und Bin das Heile, Heilige und Silberfüchsige an sich in unnachahmlicher Grandezza des Erfüllens Meiner märchenhaft gestalteten und vorgetragnen Kür.

2.6
Vorbei an jedem hinterwäldlerisch verstiegenen Proleten, hab Ich Mir das Sein erwandert und erstiegen. Durch Äonen in der Menschheit Sinn und Flor als Mein eigen Vorbild und Verehren, habe Ich gehandelt und betrieben, Geld geprägt und Werte hingeschrieben, mählich Mich verwandelnd in das Wesen, das Ich heute in den Völkerscharen Bin, begabt mit all soviel verschiedenen Bewusstseinsstufen.

In den einen trällere und bällere Ich unbeschwert und unbesonnen jahrlang vor Mich hin, in anderen erfasst Mich Gier und Zorn und Schwermut, Leidenschaft und Tücke, in weiteren befriede Ich, was Ich Mir Bin, zur Solidarität und zur Erkenntnis Meiner Eigenwürde als Geschöpf mit innigen Gefühlen und Manieren, schöpferischer Phantasie und mit dem Hang, Mich auch dem Übersinnlichen behutsam und befriedigend zu nahn. In ganz wenigen aber schaffe Ich den Durchbruch zur allherrlichen Erkenntnis Meiner selbst in ihrem Sein und Sich-am-Göttersein-Erlaben. Das aber ist die Krone des Bewusstseinswandels, die Ich Mir aufgesetzt und anerzogen habe in den Seinsverklärten, die sich als Gesegnete und Glorios-Gewordene in Liebe und Verehrung um Mich scharen. Ich selber schare Mich um Mich in ihnen in der Weisheit götterherrlicher Bravour, die Mir in allem eigen, was da allweit ist und was sich Zeit und Ewigkeit vertreibt in der unendlichen Verschiedenheit, die sich in ihm im Weltlauf hat ergeben.

Ich Bin der Glaubende und der Beglaubigte in der allhöchsten Konsequenz des Räsonierens, der sich allmählich Schicht um Schicht aus der profunden Unbewusstheit aufgräbt, bis zum strahlend hellen Lichte der Erkenntnis Meiner selbst in einer Seinsglückseligkeit und Daseinswonne ohnegleichen. Makellosen Angesichts und Herzens wese Ich als Wesen der Allherrlichkeit in Wohlfahrt, Seinsgerechtigkeit und Sinnkraft liebevoll dahin, Bezauberung verströmend, Seinsverständigkeit, bewusste Zartheit, Elementenwucht, Beseligung und unerschöpfliches Befrieden.

2.7
Sei es am Anfang oder Ende der Geschichte einer Menschheit voller Widersprüche, Kapriolen, Agitationen und romantisierender Verbindlichkeiten, stehe Ich mit allem, was Ich Bin und bleibe mit der Zungenfertigkeit der Advokaten und Zeloten mustergültig fest und sicher da im Bunde mit Mir selbst in aller Herren Daseinsregionen. Ungefährdet walle Ich hinaus in alle Weiten Meines Reichtums an geschöpflicher Natur, die Ich begründet, auf-

gepäppelt, durch Erfahrungen belehrt und allezeit in Meinem Sinnkreis und Beschützertum getragen habe.

Anmassend ist, wer Meine Kunst und Gunst des Räsonierens, Sanktionierens und Beförderns aller Seinsgegebenheiten übersieht und glaubt, er selber sei der Herr der Dinge und der all so brüchigen Ringe, die ihm eigen. Einmal wird er vor Mir, wie vor einem transchinesischen Gemäuer stehn und mit seiner schüttern Lebensliturgie nicht weiterkommen, als bis zum Desaster und zum Niedergang der schönsten Illusionen, die er sich formal und saisonal, gebieterisch und zänkerisch zurechtgelegt.

Da lass Ich Mich nur durch die liebevolle Demut und vertrauensvolle Andacht vor der Grösse Meines Seins erweichen und öffne Meine Pforten dem, der sich der Hilfe Meiner königlichen Prälatur versehen will, inständigen Bittens und Bedenkens in der bitter ausgestandnen Not. Diesen kann Ich unvermittelt, voll getröstet und von einem guten Stern begleitet, herzensfroh und siegessicher machen in der Reinheit Meines Unterweisens und dem Strom der Vatergüte, den Ich zu ihm lenke, licht und leicht und wunderbar. Auf Mein Geheiss beginnen seine Räder allesamt in neugeborner Munterkeit zu tanzen, um das Korn der guten Absicht gründlich und geflissentlich zur Nahrung und Befriedigung der Herzenswünsche zu vermahlen.

Von Mir ist alles als ein Spiel der seinsverständigen Weisheit zu betrachten, das sich in äonenlang geführten Seinssequenzen auslebt und zur höchsten Blüte stilisiert in unerhört dramatischem Beleben. Ich richte ein und aus und fasse und erlasse, presse, ziehe und verbinde die Geschwister Meiner Kunst, dem Allharmonischen den Vorzug und die Richtung, die Befugnis und den Segensspruch in reiner Fülle zu verleihen.

Seinsgarant und graziöser Tändler der Barmherzigkeit Bin Ich für die Gemeinde Meiner Gläubigen am imposanten Werk der Myriaden Türmchen, Kapitelle, Balustraden, Guckfensterchen und liebevoll verschnörkelten Verzierungen, die Meinen Baustil unterstreichen für die zahllos angereisten Gaffer und Bewunderer von fern und nah.

Ich lebe, webe und vibriere in den Werken Meines Mich-Erhebens zur vollendet dargestellten Grazie des In-der-Welt-Erscheinens. Allein Ich trumpfe auf, wo zahllos andere im eignen Saft versumpfen. Ich kolportiere die Wahrhaftigkeit in eigener Regie, wo andere sich stets des Hörensagens und so läppischen Vermutens und Verdrehns bedienen müssen, um einwenig gross herauszukommen in dem Unheil, die sie angerichtet haben.

Ich schwimme als der majestätisch fette Karpfen im bis an den Rand gefüllten Teich der guten Gaben, die Ich denen vorbehalten habe, die Mich suchen, anerkennen und verstehn. Mein Schutz erfreut sie, wie die Süsse einer Pomeranze, die sie recht begehrlich angebissen haben. Ich erkläre Mich als ihr Begleiter, Wegbereiter und Erzieher auf der langen Fahrt in das glückselige Reich der Unbeschwertheit, das allein Mir eigen und dessen bessre Hälfte Ich den Bräutlichen zur Mitgift ausersehen habe, die durch ihre Tugendhaftigkeit und Weisheit Königstöchtern gleichen.

Ich erscheine und entschwinde wieder in lichte Räume der Holdseligkeit, die Ich Mir mit getragener Voraussicht eingerichtet habe. Dort bleibe Ich die schweigende Vernunft und das bedingungslose Strahlen der Gottseligkeit in den gefeierten Allweiten, allem Seienden in Liebe, Lauterkeit und Wesensgleichheit zugetan.

2.8
Bestens bewandert im Ergänzen Meiner Sachgebiete, füge Ich dem Konvoi voller seinsgeschichtlicher Kostbarkeiten weitere hinzu, indem Ich dich zum Tanze lade vor den makellos in Mir bewahrten Schriften aus Alexandrias verbrannten Bücherräumen. Sie sind aller Weisheit Born aus längstens abgelebten Zeiten und offenbaren dem Beschauer ein bewundernswertes Welt- und Gottesbild voll Wirklichkeitsgehalt und Tiefe.

In diese tauche du nun hell begeistert mit Mir ein, indem Ich dir vom ewig unveränderlichen Sein erzähle, das da ist und alle Zeiten, alle Brände, Katastrophen und Verstiegenheiten mühlos überdauert, um in sich und mit dir auf das Unberührteste und Selbstgefälligste getrost und sicher weiter zu bestehn.

Jeder, der Es im Äonenlauf der Weltgeschichte in sich findet, hat den Schatz gefunden, der sich bei den Tempelrittern, in der Bundeslade, wie im Schrifttum Alexandrias bewahrte und bewahrt, indem er deren geistige Essenz eratmet und diese als ein wachsend Keimen freudig unterm Herzen trägt.

Nun sage du Mir, ist es nicht ein zauberhaft poetisches Zusammenklingen aller Dinge im Allhier, die sich auf einen und denselben Ursprung zweifellos beziehn, der Ich in wunderbarer Einigkeit und Weisheit ewig Bin, um aller Fülle Sagenhaftigkeit und aller Lebensliebe Zartheit vor Mir her zu tragen. Das Sein Bin Ich und sehe Mich in ihm als das Glückselige an sich von aller Sinnlichkeit entbunden, indem Ich Meinen eignen Sehnsuchtsruf erhöre nach Befriedung, Seelensicherheit und Wonne des Gerechtseins an Mir selber, die Mir nichts als Freude, Hochgemutheit, Heiterkeit und Lebenszärtlichkeit beschert.

2.9

Ungeborenheit ist Meine Stärke, Seinserhobenheit Mein Ideal. Wie könnte Ich noch existieren wollen, ohne die Erkenntnis, dass Mein Sein ein Ewiges ist ins Ruhmesblatt der Weltengottheit eingetragen.
Gab es einmal einen Nebelstreif auf Meinen Wiesen, ist nun alles licht und zauberhaft und schön, was sich um Mein Betrachten breitet. Denn nach einer langgedehnten Eskapade Bin Ich wieder heimgekehrt und habe das Bewusstsein Meines Ursprungs und die Stätte Meines In-Mir-Ruhns gefunden.
Stelle Ich Mich vor, so ist es nun ein Meister, der sich einem hoch entzückten Publikum in Seinsgelassenheit und Milde präsentiert mit einem Lächeln reinster Anachronik auf den Zügen. Ehrenvoll, galant und wesensfreundlich Bin Ich im Reich der Cherubime feierlich empfangen und atme auf nach angestrengter Reise und unendlicher Gefahr. Weit und breit ist nichts zu konstatieren als Beschaulichkeit und Frieden, die sich in den Wesen um Mich her in lichter, leichter Fülle offenbaren. Tranksame der Geselligkeit will Ich hier nennen, was Mir so geschieht, vollkommen in den Hauch der guten Geister eingezogen.
Wer unterhält sich mit sich selber in der absoluten Raumesstille, die Beglückung schafft und Heiterkeit in des Empfindens Glanz und gläubigem Verweilen? Ich, der Ich Bin der Einzige und Unteilbare, dem das Sein mit allen seinen Attributen und Begünstigungen zugehört. Aus Mir selbst ge-

worden, praktiziere Ich den Nimbus der Unendlichkeit in einer Weise, die das All erstaunen lässt und in ihm alle von Mir liebevoll und väterlich geschaffnen Wesen.

Nun schaue Ich sie gütig an und versinne Mich an sie, um ihnen Hilfe, Trost und Tüchtigkeit zu sein in ihrem Bangen. Ich bade sie im Wohllaut Meiner Harmonie und führe mählich aller Gattung Generationen wieder zur gesegneten Vereinigung im Geist zusammen, der Ich Bin und der sie sind in Einigkeit und Stärke, Ehrenhaftigkeit und Heiligkeit, in Meiner Wonne wie in ihrer, zum so vielersehnten und schlussends erlangten, seelenvollen Selbstgenügen.

2.10
Mich in allem zu erfühlen als das Sein seit immer klärt, was Ich Mir Bin und was das kosmische Bewusstsein ist in seinem allerersten Range und in seiner Virtuosität des Sich-Erschauens in so vielen Reichen, wie es gibt und wie Ich Mir in Geistessphären regelrecht und wirklich, gnadenvoll und auf die grösste Permanenz bedacht, erschaffen habe.

Nie will Ich meinen, dass es nun genüge, was Ich zum Erfunkeln, Munkeln, Gackern, Wackeln, Räsonieren, Wollen, Sollen und zum Auferstehn gebracht. Denn alle Dinge müssen sich gemäss dem Auftrag und Befehl, der ihnen innewohnt, vermehren, überschlagen und verständigen, Brüche inszenieren, Brücken schlagen und mit unverbrüchlicher Geduld dem Seinsgefühl entgegengehn. Verwandlung ist gefragt, vom überragend Ausgebreiteten ins Winzige und Emsige, Gutmütige und heimatlich Gefärbte, Urchige und Weltenmännische seit eh und je und hat nun wieder die Bewusstseinsschwingen auszubreiten zum allerwürdigsten und götterlichtesten, bezauberndsten und seelenvollsten Universenflug. Das meine Ich, wenn Ich Mein Ich befrage und damit unbedingt und unerschrocken die Summe Meines Seinsgewissens vor Mir niederlege in des Selbsterkennens Grosstat, Wert und Stil.

Hab Ich Mich vermessen? Nimmermehr. Denn was Ich Bin zu wissen, ist weder eine Schande, noch ein schändliches Zuviel. Es ist vielmehr ein weises Unterfangen des Bescheidens auf das, was Ich wirklich von Mir weiss und ohne noch zu spekulieren, übertreiben, Masken zeigen und den Reiz in etwas anderm als Mir selber suchen. Deshalb muss Ich akkurat den Abfall von Mir aufs Entschiedendste verfluchen, weil er vorgibt, etwas anderes als Mich zu sein und damit der Lüge zu verfallen, die schon immer Leid, Verwirrung, Unmut, Tod und Tränen stiftete mit ihrer Arroganz im Pläneschmieden.

Heilkraut und Bewässern Bin Ich Mir bis in die höchsten Sphären der Entschiedenheit für das Erblühen, Nach-Vollendung-Trachten und Den-Aufstieg-Wagen in die Himmel des Entzückens an der Lieblichkeit des Seins an sich, so wies zu allen Zeiten trefflich war. Nichts anders kann es sein, als der volle Ausbund des glückseligen In-sich-Verweilens, gänzlich unbesonnen, raumlos, traumlos, gnadenvoll in sich vergeben und voll Wonne im Empfangen jener Huldigung, die Ich Mir selbst gewähre.

Pol der absoluten Ruhe sein, des tätigen Vertrauens in die Kräfte, die Mir eigen und der unbedingten Güte, deren Ich Mich rühme, sind nun wirklich Vorbild, Abbild, Glanz und Stille, die Ich in Mir trage. Gnade walten lass Ich über Mir aus ewigem Begründen, Frieden sich entfalten und ein hehres Lob der Allmacht gegenüber, die Ich Bin und die Ich sanft und süchtig, liebevoll und tüchtig durch den Seidenglanz der Sternenräume zieh.

2.11
Licht und gut für Ewigkeiten ist Mein Sein geregelt und erkürt. Ich empfinde es beständig in der Einfalt dessen, was Ich Bin und habe weder Ursach noch Verlangen, es in seiner Würde und Erhabenheit nur im Geringsten anzutasten und ein anderes zu wollen, als da ist und ist elysisches Kontinuum von Freude, Friedefertigkeit und Harmonie im makellosen Grundgehalt, in dem Ich, strahlenden Bewusstseins, wese.

Alles andere ist schon ein leises, aber höchst konkretes, Aus-Mir-selber-Treten, das der letzten Qualität und Zartheit, heiteren Bewusstheit, Wonne und Gediegenheit entbehrt, in der Ich Mich seit eh und je befinde. Denn jeder Gegenstand des Überlegens trägt den Makel an sich, dass sein Sein vergänglich ist, wogegen Meines unberührt von Zeit und Räumen in sich selber reinste Klarheit ist des Existierens, glückerfüllt und wunderschön.

Das Du der Welt ist demnach nur ein Abglanz Meiner Würde, ist ein Nicht-Sein im Verhältnis zu dem Meinen. Lebst du, lebst du eine Illusion des wahren Lebens, die dir als ein abgeschotteter Gedanke innewohnt. Was du fördern kannst und sollst, ist eben die Erkenntnis, dass das Offensichtliche kein eignes Sein besitzt und in seiner Unbeständigkeit und Wankelmütigkeit, enormen Trägheit und Verwundbarkeit den steten Drang hat, zu verbleichen.

Alles blüht nur allsolange auf, wie Ich es will und stütze, wie Ich sein Inhalt bin und seiner Majestät Gebaren als das Meine, ohne dass du's magst gewahren. So sag Ich dir denn im Vertrauen: Ziehst du dein Bewusstsein vollends aus dir selbst, so wirst du es in Meinem wieder finden, das da ist das vielgeliebte, unbescholtene und unbemüssigte Agens der guten Hoffnung, als gesegnet, in sich selbst erlöst und über alle Massen seinsbeständig, licht und liebevoll und wahr.

2.12

Das Sein betreffend, trete Ich vor jeden, der da kommt und kommen mag genüsslich hin, um ihm Mein Standartwort, Ich Bin, leichtfüssig und beschwingt ins hingehaltene Ohr zu raunen. Wirtschaftskapitäne, Bauernschädel, kluge Räte mögen sich auf ihre Art als resistent und krisensicher, siegreich, vorwärtsstürmend und famos erweisen, gegen Meine sakrosankte Bastion ist ihrem blinden Eifer noch kein Kraut gewachsen, so dass ihres Angriffs feierlich geballte Kraft aufs Kläglichste zerschellen muss am Aufwall Meines Wohlgeratens.

Willst du Händel mit Mir, hast du sie und tüchtig auf den Beutel wird dir dann geschlagen. Begehrst du Herzensfrieden, send Ich dir die Allerliebenswürdigsten der Boten, die bewusst in Meinem Anstand stehn, um Anmut, Harmonie und gütestrahlendes Begreifen zu verbreiten.

Radikal mit Stumpf und Stil reiss Ich das Unkraut tätigen Widerstrebens aus dem Feld der sprossenden Zitronenbäumchen, Himbeersträucher und Zypressen. So sammelt sich Mein Ruhm und Meine Ehre täglich an, derweil die Schande Meiner Feinde offensichtlich wird im Kreise der Verständigen und Guten.

Das Gemeinwohl fördernd, halte Ich Mich an die geltenden Gesetze und übe Seinsgerechtigkeit, wie makelloses Handeln in den Reichen Meiner Gunst und Kunst an den Geschöpfen der erbarmenden Fürsorglichkeit, die Ich im Treusein unterrichte, wie im Unbeschadet-herben-Grund-Berühren nach bewundernswertem Flug. Im Innen wie im Aussen, Bin Ich dir Garant der Stärke, des bezaubernden Erfolgs im Spekulieren, wie des lieblichen Gezwitschers jener bunten Schar von Paradiesesvögelchen, die deinen Weg durch Meine wohlgepflegten Gärten liebevoll begleiten.

Was Ich immer unternehme, steht im Ruf der Heiligung der Werke, die von Mir ein Zeichen sind und damit von Erhabenheit, Gutmütigkeit, Genie und schöpferischer Phantasie beredtes Zeugnis geben. Du schwimmst in Meinen Gnaden, sag Ich dir und bist dir kaum bewusst, was es da braucht, um aller Welten Soll und Seinsstruktur im Gang zu halten. Den sammetweichen Lappen braucht's, um eine Fläche bis zum Hochglanz zu polieren. Den Saft des Apfels press Ich aus der Maische, bis sie trocken ist wie Stroh und alle sanfte Süsse eines Sommers sich im Kelch zum Trunke bietet und herzinnigen Geniessen. Labsal Bin Ich überall, wo Münder offen stehn und Seelen sich mit Meinen Wonnen trunken machen wollen. Keine von den Vielen hat es je bedauert, Meinem Nimbus der Barmherzigkeit sich je genaht zu haben, weil die Köstlichkeit des Seins, die Ich verschwenderisch verbreite, ohne Beispiel ist im Reiche der Genüsse und Vergnüglichkeiten.

So geht der Zug, wie der der Vögel nach dem Süden, immerzu zu Mir, wo Heil und Hilfe wohnt und die Erfüllung des Erwartens einer grossen Freude, die kein Ende kennt und Mein Geschenk ist an die Generationen gläubiger Vertreter Meiner Sache und Gewinner im Geläuf nach Glück und Wohlfahrt, Zärtlichkeit und virtuoser Gastlichkeit auf Meinen Wegen.

2.13

Schwerelos und siegessicher, glasklar und unendlich feingesprächig wie der Sommerwind im Weizenfeldgewoge, Bin Ich Mir das nicht zu fassende, das Sein verlassende Agens der weltenschaffenden Manie, bis zum Wesensrand mit überirdischer Potenz geladen.

Intelligenz auf allerhöchster Stufe, radikale Rüstigkeit und generöse Traulichkeit sind Meines Wesenseins Brevier und Meiner Redlichkeit Vollzug im immerwährenden Mein-Sein-Verströmen.

Wer ist und was ist nicht, will Ich dich gütlich fragen? Schau dir das Feld der Erdgeschichte an, so wie Ich in ihr, als das Lebenspendende und Kraftverströmende agiere, scheint sie in sich selbst lebendig und agil zu sein und, sie betrachtend, fällst du in den Wahn, sie sei und immer ist sie null und nichts und nichtig im Vergleich zu dem, was Ich Mir Bin als Seiender und Sinngeladener von eignen Gnaden.

Wie gefällt dir das? Dir ist, als ob damit die Winde der Erkenntnis brüsk vom Nord zum Süden kehrten, als ob das Winterliche mit dem Sommerkleid sich überzog und klare Luft und Stimmung herrscht in deines Denkens Grossbetrieb. Du schaust - und schaust das Eine, das in allem sich als das Bewegende bewegt und regt und das die Krone ist des Weltenkönigtums, sowie sein glitzerndes Relieve. Was es zu überspringen gilt, gerade noch dem Fall darein enthoben, ist das Räderwerk der Illusionen, das so raffiniert und eloquent, blitzblank und tätig ineinandergreift, dass man geneigt ist, ihm Bewusstsein, Götterglanz und Sinnkraft zuzubilligen in recht frivolen Wissensstil.

Was wirklich glaubhaft ist, erklärt sich dir auf all so leisen Sohlen, derweil du meditierend deine Zeit vergoldest und dem Malstrom der Geschichte ein dezentes Schnippchen schlägst, ihm zu entrinnen für ein Weilchen und für immer eines mehr, bis du in lockendem und lockerem Verkehren mit den Himmelswesen deine Weltenschau aufs Gründlichste und Allerliebste revidierst und Raum gibst einem ewigen Blauen lichter Heiterkeit in deinem Seelensein von höchster Qualität und immerwährend vor dich hingelegtem gütestrahlenden Befrieden.

2.14
Ich übergebe dir die Schlüssel und das Schloss zu Meinem Königreich und vermute, dass du sogleich selig und begeistert eintrittst unter Pauken und Trompeten. Doch du zögerst, will Mir scheinen, setzest deinen Fuss vorerst in viele dumpfe, stumpfe Weltengruften, wo Unfriede herrscht und Laster ruchbar sind des Langen und des Breiten. Nach Strich und Faden lässest du dich in die Irre führen, weitab vom sichern Pfad, den Ich dir wohlvertrauend vorgetragen.

Nun weiss Ich, dass es dir noch an Verstand und Willen fehlt, die Dinge Meiner Gunst und Kunst gebührend zu durchschauen und dem Edlen nur dich zuzuwenden in der Geisterfahrt der Tage. Da tret Ich ein in deine Räume bittern Nachgeschmacks unsel'ger Taten und Bin der Strahlende, Verzeihende, Befreiende in dir und jedem deiner Schritte, einem Höherwertigen und Tugendhafteren entgegen. Allmählich lös Ich dich aus der Versunkenheit in eigensinnige Träume, die du hegst - und im Erwachen wirst du dir gewahr von Meiner Güte, Weisheit und Gerechtigkeit des Unterweisens, die Ich Mir für deinen Fall zurechtgelegt.

Nun ist das Geben, Nehmen und Daraus-Gewinn-Erzielen zwischen dir und Mir ein Wechselspiel von immanenter Seinsgeschicklichkeit und Redlichkeit am Weltenwerk geworden, das Ich seit Urzeiten in der Sorge um sein Wohlgelingen inszeniere. Trage bei und sei, befleisse dich der Tugend und erwidre Meinen Ruf, schärf Ich dir ein, damit das Unbeschwerte, Heitere, Vertrauensvolle und Vollkommene zum Vorschein kommen kann in deiner noch so wankelmütig konzipierten Strategie des Aufstiegs aus den Lebensnöten. Kommt her zu Mir, ist hier die gängige Parole und verschwistert euch mit dem, was Ich hier Bin, damit das Wohlgelingen euch begleitet und ihr Meines Reiches Zierde seid im götterherrlichen Gehaben, das euch zusteht als Berufene von Mir und Meinem Ewigkeitsgeflüster in der Folge reiner Stillezeiten.

Hast du Mich begriffen, bist du eingeschaltet in das Regelwerk der Sterne, das von ganz oben bis zuunterst Hand in Hand Garant ist eines wunderbar gefälligen Agierens und Sistierens, Räsonierens und Vermehrens der Verbindlichkeiten, die zum hohen, höchsten Daseinsziele führen, das Ich Bin und das in ewiger Lauterkeit und Harmonie dem Seinsglückseligen geweiht ist, das Ich präsentiere und in aller Weltenwesen Schicklichkeit zur Dominanz erhebe. Du gehörst Mir an, so wie Ich ewig dir gehöre. Einmal ist das Werk getan in der Pracht der Engelscharen. Sieh dich vor und trete in den Chor der Weisen, wo die Wonne dich umhüllt am Sein und an des Seins Holdseligkeit und Zärtlichkeit in ewigem Genügen.

2.15
Unsinn bedarf der Klärung durch die Kräfte denkerischer Präzision, die geeignet sind, das widersprüchlich Angelegte zu entdecken und vor

ihm, bevor es Schaden zeitigt, einen Strich zu zieh'n. Ewige Klarheit herrscht, wo Ich Mich eingerichtet und verankert habe. Die Vernunft gebietet und die seelenvolle Wärme schmiegt sich allen Wesen an, die zum edlen Kreis der Seinsvernünftigen gehören. Immer kannst du wählen, wessen Gangart und Geruch, Kalkül und Gestik, Timbre und Rasur du zugehören willst im Taktschritt der Geschichte, die so oft den rasend Überbordenden gehorcht in ihrem Zähnefletschen und das Herzliche-Verpulvern.

Ich wandle sanfterweis, unmerklich und dem Naturell der Wesen fein entsprechend, was vom Keim zur Blüte wachsen soll in langgedehnten Zügen. Das Erbauliche allein, du Stürmer, ist von Mir und ist von Früchten reich behangen des bewundernswürdigen Geschmacks am Sein und Leben. Mir zählt nicht, was der Menge schmeichelt und gefällt, doch was in schöpferischer Kraft und Meisterschaft in sich gefällig, graziös, bezaubernd und das Herz berührend ist, indem es darstellt, was den Bogen wahren Fortschritts weiterzieht vom Festgefahr'nen ins Limpide, Scintillierende und Faszinierende, das Mich und Meine Meisterschaft erklärt und allgemach in der Verklärung endet, die Ich sehnlich meine.

Tadellos geschliffen und geformt, geh Ich einher auf Meiner Wanderschaft durch sinngeladene, dem Kreativen zugewandte Zeiten, Räume und Errungenschaften, die Mir zur Ehre und zum Ruhm gereichen. Ich lasse nur, was Meiner Seinsbescheidenheit entspricht, geziemend gelten im Äon der Geltungssucht, des Übertreibens und der resultierenden Verluste. Brach liegen dann die Felder der Verführten, derweil die Meinen strotzen von Gedeihen, Fülle und Gewinn an Kostbarkeiten jeder Art von Meinen Gnaden.

Glänzende Beweise Meines Kunstsinns und erlesenen Geschmacks sind alle Werke, die aus Meiner Feder, Fürbitt, Flamme und Verheissung still und rabiat hervorgegangen sind. Seriös sein heisst, sich mit dem Detail ebenso mit angemessner Sorgfalt zu befassen, wie mit dem aufs Ganze gehenden gewaltigen Entwurf, der Welten in sich fasst und allen Widerständen schon bewusst Paroli bietet, eh sie recht in Schwung gekommen sind und Schaden angerichtet haben. Ich überlege und das Überlegte kommt gekonnt zum Zuge in der Generationenfolge Meiner Meisterzüge, die sich wahrhaft sehen lassen können in der Galerie der Sehenswürdigkeiten, die Mir eigen.

Fasse Ich zusammen, was für sich allein schon ein enormes Daseinsrecht besitzt, so zeigt sich erst im Ganzen Meines majestätischen Gestaltens, was Ich wahrhaft kann und will und fähig Bin hervorzubringen aus der Zeltstadt Meiner Güte und Gewandtheit im Jonglieren, Präzisieren, Überzeugen, resolute Fakten setzen und dann ungehindert Weitergehn.

Alles, was von Mir ist, löst Begeisterung und Jubel aus in den betroffnen Kreisen und besiegelt Mein Geschick in wohlgemessnem Aneinanderfügen von bezaubernden Gestaltungen und preziösen Kraftgebilden, die von Überlegenheit und Generosität, Behutsamkeit und Genialität ein Loblied singen.

Leis verklingen lass Ich nun, was moderat begann und sich zuzeiten ins Crescendo steigerte, damit die Lauschende, die Seele wieder in sich selber selig sein kann, um die Werte zu ermessen, die ihr innewohnen, als von Mir erfunden und empfunden, angewandt und eingebunden und schlussendlich wieder ins Unendliche erlöst im All, in allem wohlbewahrt und wonnevoll in Mir.

2.16

Wie einst im Rat der Götter, geb Ich dir die Chance aufzusteigen ins Bewusstsein der allewigen Vernunft an deinen Gliedern; du schweigst, derweil Ich dir geflissentlich erkläre wie und wo.

Hast du von dem, was Ich Mir Bin, nur einen Schimmer erst verstanden, wirst du Anschluss an ihn suchen und wirst mitten in der Zeitennot von einem Lichte wunderbar durchdrungen sein, das deines Denkens Stoss von deinem Dasein mit Holdseligkeit belebt von Meiner unermessnen Fülle Gaben.

Wer ist Garant für deines Lebens Sinn und Strom und Machbarkeit und liebevolle Pflege? Ich und Ich allein, wenn du bedenkst, dass jede noch so schüchterne Nuance deiner Seinsbekömmlichkeiten kommt von Mir als Gastgeschenk und Regel der Getragenheit, die du beständig von Mir kannst erwarten. Es braucht nur deinen permanenten Willen, gut zu sein in jedem Lebensakt, den du vollbringst, als von Mir angestossen und von Mir weiter, immer weiter ins Unendliche geführt, wo sich die Lebensdinge endlich in Mein allbeseelend Licht ergiessen.

Trachtest du nach Frieden, soll er dir galant gegeben sein, nachdem du aller Unruh Zwitterhaftigkeit in dir bekämpft und auch besiegt hast als ein Hero der Beständigkeit und Gläubigkeit am Millionenwerk, das du in Mir, mit Mir und Meiner Gunst gewiss vollbringst in vollbesetzten Tagen.

Glaubst du, Ich mein es gut mit dir, so wird es auch geschehn, dass sich die Tore Meiner Fülle öffnen, deiner Wohlfahrt zu und deinem Sinn zu willen, Göttergrösse zu erfahren in des Seinsbewusstseins Rarität und richtungweisender Gebärde makelloser Übersinnlichkeit im Himmelblauen einer neuen

Existenz von unerhörter Konsequenz im Machtverschieben. Du erkennst, wie sehr Ich alles Bin in dir und deinen Angelegenheiten, dass du schliesslich, als von Mir Gesegneter, Befruchteter und Dargestellter feierlich einhergehst, ohne dich um der Versuchung Zwick und Zweifelhaftigkeit nur im Geringsten noch zu scheren. Denn deines Lebens Wende ist vollendet radikal Mir zu geschehn. Es tauen deine eisbedeckten Wässer und des ewigen Frühlings zartes Spriessen und Frohlocken offenbart sich deinem staunenden Gesichte mehr und mehr. Du schwimmst und schwimmst in Freuden und Begünstigungen aller Art, als von Mir gegeben und gewährt, verbindlich zugesichert und gehalten, traumwandlerischerweis in deinem Seelensein empfangen und aufs Allerköstlichste und Heiterste und Graziöseste in ihm bewahrt.

3

Im Warenhaus der Eitelkeiten

3.1

Willkomm im Warenhaus der Eitelkeiten feiert jeden neugebornen Säuglings Crew, indem sie ihn auf das Podest des ausserordentlich Gelungenen erhebt und ihn vergöttert und verwöhnt nach Strich und Faden.

Ich aber sage euch: was ihr im Neugeborenen bewundert, verhätschelt und verehrt, ist ein so sehr vom Überirdischen geprägtes Weltenwesen, dass ihr zutiefst erstauntet, wenn ihr's recht zu deuten wüsstet. Ich aber weiss, was Ich Mir Bin in ihm und welche innigen Zusammenhänge mit dem Sternenweltensein geheimnisvoll und leben-spendend in ihm walten. Denn es formt sich aus in ihm, in seinem Haupte, was schon in der Kugelform des Weltenalls als Präjudiz und Vorbild vor euch steht. Es pochen in des Menschenherzens rhythmi-scher Bewegtheit Weltenrhythmenschläge - und der Tatenwille, der den Geschöpfen innewohnt, ist Ausdruck eines Weltenwillenstroms von Meiner Provenienz und Meines Seins verschwenderischen Gnaden.

Nichtwissen ist naiv, barbarisch und schlussends zerstörerisch im menschenvölkischen Gehaben. Die Erkenntnis der Zusammenhänge jedoch führt zur seinsgeschwisterlichen Eintracht unter all den Charakteren, die da sind und seiend ihr Talent dem Ganzen zur Verfügung stellen.

Dankbar preisen sie das Überragende, das ihnen von Mir zukommt wunderbarerweis ins Nano-istische gefaltet und dann wieder -in der Seins-bewusstheit- ins Allüberall des Götterseins erhoben. Damit ist in Tat und Wahrheit eine Sensation des Mich-Verwandelns meisterlich geschehn in Meines Wohllauts Sinn und märchen-hafter Gabe.

So ist es jedem denkenden und von Gefühl erfüllten Wesen inniglich anheimgegeben, was es wahrhaft ist als Mich, der Ich das Sein Bin, zu erkennen und damit den Schritt ins Übersinnliche zu tun, der ihm die Fülle aller Weisheit, Seelensicherheit und Heiterkeit beschert, die Mir seit eh und je zu eigen.

Gleichnis Meiner selbst Bin Ich im Weltenwesen und Geheiligter der Sphären dort, wo Ich Mich in der Makellosigkeit und ewigen Glückseligkeit des Seins gewahre, sakrosankt und heil, gewogen und enthoben, radikal und weich und zärtlich in der Poesie der allbewussten Lichtheit, Heiterkeit und Seelenseligkeit, die Ich Mir zur ewigen Wohnstadt ausersehen habe.

3.2
Ich leiste, was zu leisten ist in vollen, runden Zügen weiser Unerschöpflichkeit und leisen Über-Mich-Verfügens. Aufs Allerreinste ist Mein Seitenspiel gespannt, dem Lebenssingsang wunderbarerweis den Klang der Klänge beizufügen. Betrittst du Meines Tempels makellos polierte Flur, wirst du mit einem Raunen der Begeisterung empfangen, weil die hier vereinten Träger Meiner Botschaft wissen, welchem Anspruch du genügen musst, um dich in Meinen Kreisen als ein Günstling ewiger Holdseligkeit und Ungeschminktheit zu erweisen.

Hast du Bedenken, so zu sein, wie Ich es von dir wünsche, mache nur vertrauensvoll das erste, kleine Schrittchen Mir entgegen und schon will Ich dich mit segnender Gebärde väterlich umfangen, dass du dir bewusst wirst, welcher Wert darin besteht, mit Mir und Meinem Reich bekannt zu werden und von seiner Sternenfülle und Erhabenheit zu zehren.

Ich eröffne dir, wie du in Meiner Obhut dich als ewig jugendfrisch und heiter wirst erfühlen, wenn dein Seelensein sich Meiner steten Gegenwart bewusst geworden ist und die Verbindlichkeiten Meiner Art gezielt und hemmungslos in deines Wesens Wachheit und Bereitschaft strömen. Dann fühlst du als ein andrer dich, als der du vordem dich erfühltest. Wie vom Lorbeerzweig berührt, gehst du in Mir einher und gestaltest deine Tage nach dem Mass der Seinsvernünftigkeit und ewigen Beschaulichkeit, in der Ich graziös, gutmütig und bescheiden wese.

Es ist nicht nötig deine Kräfte des Gestaltens in den Prunk zu ziehn des weltlichen Gehabens. Freier, reiner und erhabener wird deine Stimme und Gestimmtheit sich erheben, wenn du schlicht und einfach Mir den Vortritt und die erste Hand gewährst.

Wie schön du bist, wenn Meiner Sicherheit Bezug und Stärke im Triumph in deine Seele eingezogen. Wie jubilierst du öffentlich und ohne jede Scham, wenn alles sich in Meiner Hinsicht und Lasur erfüllt hat auf geheimnisvolle Weise, ohne weiteres Bedrängen und Verletzen in der Vielfalt Meines Probenarsenals.

So geht es flugs und spielerisch mit dir voran, wenn dich das Meine sanft und mütterlich begleitet treppauf und -ab durchs Labyrinth des Lebens, dem du unweigerlich in Meiner vollen Absicht zugehörst.

3.3
Im Unendlichen erweckt zu sein hat Weltbedeuten und gewährt dem Wesen Adlerblut im Überschauen seiner Situation und völlig unbeschwertes In-die-fernsten-Fernen-Schweifen.

Ewigkeitsgewissen nenne Ich, was einer neuen Dimension des Menschseins gleichkommt und Gefühle weckt von überragender Begeisterung und Zuversicht am Sein und Leben. Nimmer hab Ich

Mich so angeregt und auserlesen, schaffensfreudig und galant gesehn, darfst du dir sagen, wie in diesem Augenblick des ruhigen Gewahrens Meiner Vollnatürlichkeit und Meiner geistigen Potenz im überirdischen Getriebe. Winterdienst wie Sommerdienst zu leisten ist Mir eine Selbstverständlichkeit und steht Mir so wohl an, dass alle mit Mir rechnen und Mich unverzüglich engagieren wollen. Kein Wunder, wenn in Meinen Kreisen Vollbeschäftigung und Dienstbeflissenheit, radikaler Einsatz und Genugtuung am so vollbrachten Werk und Wirken herrschen.

Ich Bin, um Meiner Kräfte Allgewalt und Schmiegsamkeit den letzten Schliff zu geben. In allen Künsten wohlbewandert, seh Ich Mich im Vorteil, wo Ich immer steh und wo Mein Einsatz Präzision und Genialität verlangt nach Noten. So ist jeder gern bereit sich Meinem Vorschlag, Sinnspruch und Gehaben anstandslos zu unterziehn.

Ich mache ernst mit dem, was Ich Mir vorgenommen und erhalte dementsprechend Lob um Lobpreis von den Pappenheimern, die Meine treue Kundschaft sind im vielgepriesenen Allhier.

Begeistert sag Ich denn zu deinen Gunsten: Wende dich Mir zu und sei gewiss, dass Ich den Notstand deiner Züge allsogleich behebe, sowie du diesen Meinem Sinnen bittend vorgetragen. Denn Meine Herzensgüte ist immens und Meine Leistungsfähigkeit dem Himmel angemessen, dessen Herr Ich Bin und der Beglückung, Labsal und Erquicken überall verbreitet, wo Bedürfnis herrscht nach Meinen delikaten Schöpferqualitäten und nach Meinem liebevoll gepflegten Ruhm.

3.4
Dankbar sein für das Geschenk des Lebens? Spüre du, wie alles was du Bist, aus einer Quelle stammt von höherem Befinden und von einem meisterlichen Duktus, der soviel an Weisheit, Wissenschaftlichkeit, ästhetischer Brillanz und soviel Feingefühl verrät, dass du nur staunend in Bewunderung und Ehrfurcht sinken kannst vor dem Wunderwerk der Gnade, das du darstellst, licht und wahr.

Gehst du jedoch deinem Wesensein gehörig auf den Grund, so stellst du fest: Ich kann Mich eigentlich an gar nichts halten, was da von Mir seinen Wert, sein Renommee und seine Wirklichkeit beweisen will in unverblümter Selbstgefälligkeit und Freudigkeit des Existierens. Kleider? Nicht Mich selbst, als Haut und Haar und Speck und Saft und Knochen. Jegliche Substanz ist von der Erde nur entlehnt zum Aufbau dessen, was auf ihr herumtritt, drippelt, rennt und steht. Demnach ist alles doch ein Nichts, wo Ich Mein wahres Sein zu finden hoffte und wo Ich noch so taubentänzerisch am Suchen Bin, in wissenschaftlich kämpferischer Akribie und Euphorie, Verwegenheit des Subsumierens, wie des Enttäuschtseins über das Vermissen dessen, was die Zellen, Glieder und Gestaltungen zusammenhält in wunderbarer Selbstverständlichkeit des Funktionierens.

Rein gar nichts vom Leben an sich ist damit zu finden und doch ist es da in Kraft und Herrlichkeit, Gefühl, Gewissenhaftigkeit, Gedankenschwere und Genie. Wenn man's nun recht bedenkt, so ist der eigentliche Mensch ein geistiges Gebilde, das sich in sich selbst erfährt und wieselflink Materie um sich sammelst, das west und wieder weggeht, das Gesammelte sich selber überlassend, damit es willenlos zerfalle ins Unwirkliche, das es immer wahr.

Wirklich ist nur eines: dass Ich Bin, darfst du dir sagen, ein Herold der Unendlichkeit, ein Abbild hehrer Weisheit und ein Sinngedicht an Sehnsucht nach Erkenntnis, Seelensicherheit und Mut. Meine Stunde hat erst dann geschlagen, wenn Ich gültig Meinem kleinen Ich-Gefühl das grosse beigeselle, überstelle, als das Welten-Ich, das Meine Urkraft ist und Mein Beleben, Mein erstes und Mein letztes Wort, Mein Sein sowie Mein Vor-Mir-selber-Salutieren in der Einheit der Allwirklichkeit, die ist und die Ich Bin im Schwung der Zeiten, wie im Adlerhorst der Seinsglückseligkeit, in der Ich ohne jeden Anspruch still und unbescholten ewig wese.

3.5
Ein Wurf kommt allsogleich zum Tragen, wenn ein Meister ihn befördert und mit Vehemenz auf seinen Schild erhebt. Die Genialität, die ihm zugrunde liegt, ist offensichtlich eine Ehrengabe Meines Waltens im Allhier. Der Mensch ist eigentlich nicht klug im Göttersinne. Er vermag zwar viele Fakten und Ereignisse in seinem Leben miteinander zu verknüpfen, um daraus ein Bild für sein Verhalten abzuleiten von bewundernswerter Dichte und erfolgerzeugender Manier; der eigentliche Quantensprung der Innovation jedoch bedarf der höheren Einsicht, die von Mir ein Zeichen ist und Zeugnis an die menschliche Natur. Wer ist nun genial, du oder Ich in dir, ist hier zu fragen? Inspiration nennt man, was hier geschieht und was in Myriaden Fällen des entzückenden Gestaltens ganz dasselbe ist von Mir zu dir, als Ausdruck reiner Güte integrierenden Bewusstseins und erhabener Intelligenz, in Meinem Sinn und Sein geboren und gewartet, eingesetzt und mitgeteilt in wunderbarem Einklang mit der

Schöpfung und den schöpferischen Qualitäten, die Ich vornehmlich in das Menschentum gelegt. Ebenso ist alles Heil der Weltenwesen in Meinem Weisesein beschlossen. Meine Klugheit und Mein Wehr, ja Mich selber habe Ich in es gegossen, Mich ans Natürliche vergebend vor Mir her. Ich Bin die Mitte allen Seinserlangens, schärfe ein und habe zu beglaubigen, was sich die Menschen sind, derweil Ich halte süss und bittern Rat, zu mehren ihr Gedeihen.

Versinke du in Mich, wie Ich in dich versinke und überdenke, was du willst, es ist doch immer Mein Bedenken in Grossmut, Schicklichkeit und Harmonie in wunderbar gerechtem und gesegnetem, holdseligen und liebevollen Dich-ins-Sein-Geleiten.

3.6
Harmonie unendlichen Befriedens, universenweite Wohlgesonnenheit in Meinem Mich-Begründen. Was du könntest, ist Mir längst bekannt in der Trikolore Meines überweltlichen Bewusstseins, das dir vom Sternenkreis sein Denken sendet, von der Bewegtheit der Planeten um die Sonne - liebevolles Herzgefühl und von den Erdenkräften - seines Wollens meisterliches Spiel. So fügt sich das Kosmische dem Menschentum im winzig Kleinen ein in allerköstlichstem Bewahren. Die Ordnungen der Welt erweisen sich in Mir als eingebettet in ein wunderbar gefällig's Equilibrium von Kräften, leitenden Ideen und Verbindlichkeiten, die das Bewährte fördern und das Ungebührliche zum Rand verdrängen der Geschichte im Allhier. Ein jedes tritt in seiner Eigenart hervor, um das zum Ganzen beizutragen, was ihm frommt und was der Einheit ihren Seidenglanz verleiht In Meinem Überragen. Stimulierend und befruchtend wirkt, was Ich Mir

ausgesonnen, behütend und begütigend, was aus des Herzens reiner Absicht strömt, die Lebensfreude zu gewähren.

3.7
Wessen Ich Mich zeihe, sei dir, wie des Pirols Ruf, ein auserlesenes Geschenk der guten Hoffnung auf was zu erreichen ist für dich in wunderbar gesättigten und benedeiten Tagen. Es ist Bewusstheit der dem Sein verschwornen Art, die Ich hier pflege, die sich aufhebt aus dem so beengenden Gehege, um in Universenweiten sein Bestehn zu feiern und dir ihres Freiseins Unverbrüchlichkeit zu attestieren.

Das Sternenall als Meines Denkraums Fülle zu empfinden, der Sonne Strahlen im Gesang der kreisenden Planeten als Mein Herzgefühl und der Erde Schöpferwerkgelände als Mein Wollens Ausdruck, kommt dem götterherrlichen Bewusstsein zu, das Ich beschreibe und betreibe in glückerfülltem Selbstgenügen.

Was ist denn Evolution, wenn nicht ein gottgesegnetes Dem-Lichte-der-Erkenntnis-wunderbarerweis-Entgegenstreben. Wie könntest du das Kleinkarierte, so Banale in des Lebens Eigennutz und Not ertragen, wenn nicht die Erkenntnis einer innern Höherwertigkeit dem weltlichen Getriebe einen Adel ohnegleichen und ein höchst bewundernswertes Seinsprofil verleihen würde.

Alles, was du leistest, möchte sinnvoll sein und eine weiterführende Gestaltung deines Wesenseins bewirken, die dich begeistern kann und Ansporn ist zu wohlbedachten, tugendhaften Taten. So ist es, sag Ich dir, indem Ich das Gehörige um Mich versammle und dem Freudenlicht entgegenführe in bewusster Strategie.

Dergestalt Bin Ich das Kommende für alle Nationen und Geschlechter, Bin Erfüller jeder Sehnsucht und Gewährer eines Seligseins von singulärer Qualität und reinem Überragen. Was Ich dir gewähre, ist der Welt schon längst von Mir gewährt und was Mein Segensspruch enthält, ist seit Urzeiten schon in Mir enthalten als im Sein begründet und betont, erfahren und gewissenhaft verkündet im Allhier.
Erzeige dich als munter, phantasievoll und vertrauend Meinem Walten gegenüber und Ich werde deine Sinnkraft und Geschliffenheit aufs Kräftigste erhöhen, Meiner zu.
Tu das Mögliche und Ich gewähre dir die Kraft, was vordem glatt unmöglich schien, voll Wonne zu erreichen, nämlich das Ich Bin zu finden und in ihm die Herrlichkeit des Himmels zu erfahren, seeleninnig, liebelicht und wahr.

3.8
Himmelsgeschenke sind dezenter zu behandeln als die Erdverhafteten, weil sie von Meinem Klange sind und Sange in den Geistessphären Meiner alles überragenden Kultur. Was Ich dir schicke, schickt sich, völlig ernst zu nehmen, als das seinsbeglückende Agens der Güte, das Ich spende, wie es immer sei, um dich in Meiner Höhen silberglänzendes Gelispel hochzuheben. Kein anderes Verfahren zeitigt soviel Wohlbekömmlichkeit und gloriose Effizienz, wie das von Mir verwendete, um Rachsucht in den Schmelz der Güte, Trägheit in beflissenes Agieren und chronische Verletzlichkeit in liebevolle Unbeschwertheit umzukehren.
Glaube Mir, dass Ich dich immerzu betrachte und daraus die Götterschlüsse ziehe, die an deiner Stätte: Wohlfahrt, Heiterkeit und seelenvolle

Harmonie entfalten. Alles, was von Mir kommt, soll dir zeigen, wie besorgt Ich um dein Wesen Bin und deines Daseins Angelegenheiten, bis ins letzte Detail dessen, was dich im alltäglichen Getriebe trifft, traktiert und haltlos machen will.

Da greif Ich mächtig in des Schicksalsrades Speichen und lasse himmlische Gerechtigkeit und Weisheit walten über dir und allen, die da sind in Meine seinsgeschwisterliche Obhut und Beflissenheit gegeben.

3.9
Alles ist Mir eigen und dennoch hängt viel Fremdgewordenes an Mir, das sich als tot erweist im Sinne Meiner ewig blühenden Lebendigkeit und Schöpferfreudigkeit von eignen Gnaden. Was sich nicht mehr aus sich heraus verändert und nur noch auf Befehl agiert, was sich dem Chaos und der Unvernunft entgegen treiben lässt, entbehrt dem Recht, lebendig, lebenstüchtig, götterherrlich und glorios genannt zu werden, als in Mir begründet und bewahrt, beflügelt und beschlossen, wunderbar.

Die Strategie des Seins geht dahin, das Wahrhaftige zu fördern und die Illusionen hinter sich zu lassen, die da sind: das Popagieren der Materie als lebendig Wirkliches, wie auch das Ignorieren einer Geisteswelt von allerhöchstem Rang und Namen.

Dass Ich Bin ist Meines Selbsterkennens Attribut und Stärke, dass Ich in allem wese, was da ist, Mein unabdingbar Fazit und Idol. Gib zu, dass du nicht weisst woher, wohin in deinen jammervollen Zügen, ohne Mich befragt zu haben auf des Daseins wildbewegter Bahn. Ich weihe dich dem Sein, sowie du einer Ahnung dich bemüssigst, dass es ein Mittel geben muss, dich aus der Widersprüchlichkeit der Welt hinauszuführen. Klartext spreche Ich in deiner Seele lauschendes Exil, um dir den Weg zu weisen in die Seinsbewusstheit und das freie Über-dich-Verfügen.

Wohl gehörst du deinem Schicksal an, doch ist es dir gegeben, es gehörig auch zu ändern, indem du dir Geduld und Tatkraft leistest, Meiner überwältigenden zu.

3.10
Absolute Ruhe, absolutes Sein in Mir seit Urgedenken, Seligsein in wacher Majestät und nie verebbendem Frohlocken an Mir selbst und Meinen Wurzelkräften, die da Denkvermögen sind, erblühen-des Empfinden und des Wollens artenreich gefiedertes Statut.

3.11
Auferstehen und dem Sein gehören, würde jedermann zu seinem Ideal erwählen, wenn er nur wüsste, wieviel an Erfüllung seines Menschenseins im Erringen des Bewusstseins liegt, dass er das Sein in seines Wesens Tiefen ist, genauso wie in der Unendlichkeit der Sphären, die seinem Seinsbewusstsein Hort und Heimat sind in Unbeschwertheit, Überzeugtheit und holdseligem Erfahren.

Der Sinn für wahre Wirklichkeit liegt im Erkennen der urmütterlichen Unschuld, die uns innewohnt und deren wir im Auferstehn zum Licht teilhaftig werden. In ihrem Seidenglanze liegt das Wohl an sich, wie das Erleben der All-Geistigkeit, die in sich ewig dauert und besteht.

Was damit vor dir liegt, soll dir ein flammend köstlich Angebot bedeuten, mehr aus dir zu machen, als du bisher warst und deinem Selbstbedeuten eine wunderbare Stufe beizulegen in des Daseins sinngeladnem Arsenal.

Mach alles heiter mit der Sicht auf das Unendliche, das in dir west und das dein Seinsvertrauen stärkt, indem du Übersicht gewinnst und Klarheit über deine Lage, als im Menschensein erblüht und in die Geisteswirklichkeit geführt vom Zauber deiner Ahnen.

3.12

Das Glückselige bedenkend, das in Mir sich äussert, weile Ich wie ein beherzter Cherubim vor Gottes hochgebenedeitem Thron und wache, wache selig vor der Leuchtkraft Seiner Gaben. Ist es ein Seinsgewitter? Ja. Ein Schneien reinsten Glücks hinab zu Meinen Zügen, ein Mich-Verwöhnen mit unsterblichem Geflüster der Barmherzigkeit, ein Liebeslied von namenloser Süsse an Mein ewig lauschend Ohr. Was fällt, erhebt Mich über alle Massen in die wonnevoll gekräuselten und lichtbedachten Höhn der Throne, die von Weisheit, Wirksamkeit, Wahrhaftigkeit und Güte was verstehn. Koste nun und koste reichlich von dem, was du innig fühlst und feierst, wird Mir zugeflüstert und Ich nehme in Mich auf das Köstliche, Glückseligmachende in langgedehnten Zügen.

Da wird Mir wohl und wohlgemut und seinserlöst davon, dass Ich, vom eignen Jubellied getragen, Mich in die Weiten des Unendlichen verbreite und überklaren Sinnens die Gebärde lautrer Dankbarkeit mit Kraft verseh, dass sie zum Himmel strebe, der Mich wie ein gnadenvoller Baldachin vor jeder Fährnis liebevoll bewahrt und Meiner Seelenandacht Zeuge ist im Unergründlichen.

Ich male und Es malt Mir vor, was Ich zu sagen habe in der Reinkultur der Stunde und der Auserlesenheit der dichterischen Werte, die da sind und seiend sich ins All vergluten. Zarte Sorge trage Ich um was sich in Mir abspielt an Erbaulichem und Zärtlichem, Begreiflichem und Liebesfreundlichem, ob dem sich alles, was Ich Bin, aufs Trefflichste ergötzt und seiner Wunderkraft des Heilens inne wird in richtungweisendem Behagen. Ich trete vor und halte Mich zurück im lautern und leutseligen Jauchzen der Holdseligkeit, die Mich bewegt und Mir das Ende aller Angestrengtheit und Verbissenheit bedeutet, der Ich jahrlang frönte und bedurfte, um der Läuterung Willen, die mit Mir geschah.

Nun Bin Ich da als einer, der im Schauen überquillt von Freude und Begeisterung am Sein und Leben, der sich selbst bewahrt in der Bewahrung des All-Höchsten, das ihn schützend in sich birgt und ihm des Bergens Inbegriff vor Augen hält und an ihm des Liebkosens Feinschliff, Redlichkeit und Grazie vollzieht in nimmermüdem Angriff und Ergeben.

So steht's mit Mir und so gehöre Ich dem All und dem Allmächtigen an als eine Floskel der Unendlichkeit, in der Ich lächelnd Mich verschwebe. So kommt und geht, was ist und sich des Seiens immerzu bedient, um Heiterkeit und Helle in sich zu bewahren. Es begabt, befördert und verschönt die Treuen auf der immanenten Götterspur, die alles feierlich und froh erklärt und Wachheit produziert und postuliert am Schnürchen. Was ist? Ich staune, überstaune Mich und fälle nach Gesetz und Recht das Urteil: Du bist fortan frei in deinem Selbstgenügen und Verwallen deiner seinsbegeisternden Ideen in den Kosmos der Gutgläubigkeit, der dich umrandet, wie die Ufer der Allherrlichkeit das Meer. Du Bist und bist dir selbst ein Muster an Gefälligkeit und seinsgefälligem Nach-Wahrheit-Streben. Du meisterst, was zu meistern ist in seliger Gekonntheit und in leiser Ironie des noch nicht ganz Vollendeten, das dich beseelt. Denn Ich Bin Es und Ich verlange weiter nichts von Mir, weil das bereits so Rein- und Hochgestimmte eine Harmonie von auserlesnem Klang und liebelichter Munterkeit verbreitet, der Ich fröne, wunderbarerweis, wahrhaftig und berückend schön.

Nun gilt es, Mir den Ausbruch aus Mir selber zu verzeihen und Mich dann in Meine Ur-Bescheidenheit zurückzuziehn, die nichts bestimmt und nimmer Front macht gegen oder für etwas, damit kein Hauch ihr Wesens Eintracht, Einigkeit und Einfalt stört im heilig vielgepriesnen, sakrosankten und holdselig dargebrachten Seinsgenügen.

3.13
Im weitgedehnten Ozean gediegener Lebendigkeiten Bin Ich allen Seins verheissungsvolle Pforte, jeder Liebesgabe Spender, Sporn unendlicher Bewegtheit und jedwelchen Blühens Trieb im Variationenreichtum ohnegleichen um Mich her. Beständige Bewusstheit Meiner selbst, wie Meines unablässigen Kreierens ist Mir eigen, ebenso wie das geduldige Beiseitestehn, um aller Kreatur die Chance zu verleihen, sich zu mehren, zu entfalten, zu bewähren und schlussends den Himmel der Gerechtigkeit zu finden, nach des lebelangen Suchens und Versuchens Gauklerspiel.

Gehöriges Durchdenken jeder von Mir angeregten Aktion, gewährt Mir stets das Vorgefühl der Freude des Gelingens und bestätigt Meiner Weisheit Duktus, ebenso wie Meiner Leitkraft gnadenvollen Strahl. Sanftmut des Empfindens Bin Ich in unzähligen Gemütern, deren volle Fracht des innigen Erlebens Meine ist seit Urgedenken. Tradition ist bei Mir gross geschrieben über Generationen hin von nie gebrochner Sprungkraft und holdseligem Erwählen.

Ich halte Mich Mir selbst entgegen als das Spiegelbild der Typen im Melos der Geschöpf-lichkeit und überwalte jede Zelle Meiner expan-dierenden Gestalt mit haarklein ausgewies'nem Räsonieren, ihr steten Schutz und wunderbares Selbstgefühl gewährend.
Kantilenen abzusingen kunstvoll dargestellten Eigenlobs, ist Mir zu einer edelmütigen Pflicht geworden, die Mein aberwilliges Vermögen aufzeigt und dem Künstlerischen feinen Vorschub leistet, das Ich unverwandt und zärtlich propagiere.
Jeder Niedertracht abhold betrachte Ich Mein Wirken als den Inbegriff des wirkungsvollen Aneinanderfügens von spontanen Aktionen, die das Nonplusultra alles Guten sind, das Ich beständig generiere.
Ein jedes selige Lächeln ob dem Glanz, den Ich in aller Welt verbreite, ist von Meinem Sinn durchzogen und bedeutet Mehrung der Glückseligkeit, die Ich in Meinen Liebeshimmeln webe und erlebe, ewig frohgemut und wunderbar.

3.14
Dem Sternensein ergeben, walten Weltenfrieden und Glückseligkeit in Meinem Sinn, derweil die Seele sich erhebt aus allen ihren Nöten. Aufgelöst in Friedefertigkeit, unendliche Bewusstheit und Geborgenheit im numinosen Lichtblau - ist der Himmel Meiner Andacht vor dem Herrn der Universen, der Ich Bin, von nie versiegender Holdseligkeit dahingetragen. Meinem eignen Ruf nach Minne und Gerechtigkeit gehorchend, lass Ich jeden Eigensinn bewusst und heiter von Mir fahren. In Schönheit webe Ich Gedanken reiner Wonne an Mir selbst und an dem Dasein der Allherrlichkeit, das Ich in Lauterkeit und Liebe vor Mir zelebriere.

Dem Reich der Cherubim gewiss und aller grossen Geister, die da sind, verströme Ich Gelassenheit und Sympathie, der heiligen Gemeinschaft inne, die Ich Mir erduldet und erschaffen habe.

Einer lichten Ewigkeit dahingegeben, nutze Ich Mein Wachsein in den Geistessphären, um den Harmonien der Holdseligkeit zu lauschen, die von Seel' zu Seele fliessen aller Seligen, die sich in feierlichem Zug um Mich versammelt haben. Ihnen gilt Mein Herzenswohllaut und Mein Trachten, als von Meinem Sein und Meiner Würde, Meiner Fülle und Verwegenheit dahingegeben.

Schaue Ich, so ist Mein Blickgefühl und Meine Zärtlichkeit ein sanftes Liebeströmen ins Allgegenwärtigsein der Freunde Meiner Wohlfahrt und Veräusserung in wundervollen Zügen. Ich bezeuge, dass Ich Bin in ihnen, weihend Mich der Einheit allen Seins und allen Lebens in den Sphären.

Aller Dinge Lob schallt durch den Geistraum Meines Webens im Allhier und ehrt, bewundert und begeistert, was Ich Bin in meisterlicher Melodienfrische, Lieblichkeit und Trautheit langgedehnten Tönens.

Wo Mein Wille wirkt, blüht auf, was immer Ich erdenke. Auf der Weide der Unendlichkeit spazieren geht die Phantasie und glüht die Spuren reiner Sehnsucht in das Wohlbefinden aller Wesen, die in Meinem Sinngehalt den Ursprung haben.

Lächelnd lasse Ich ins Nichts verfluten, was noch eben schicksalsträchtig Mich umgab und Bin Mir selbst erstrahlende Bewusstheit, Liebe, Licht und Frieden.

3.15
Gibt es denn ein Medium, das ohne Raum und Zeit in sich gefestigt da ist als ein Gegenwärtigsein von

allerhöchsten Qualitäten? Ja. Ich will es als das Sein bezeichnen, omnipotent, gelassen, merkantil, hochwallend, niederschmetternd, Lust und Unlust zeugend, weltenwirksam, seelenvoll, gerecht und gütig aus sich selbst im Anhang wundervoller Gnaden. Nachdem Ich alles in Mir habe, geh Ich aus Mir heraus im Weltenschaffen und Beschaffen jener Kräfte, die da sind und allen Seins Bedeutsamkeit beleben. So kann nichts sein, worin nicht Ich die Hand im Spiele habe und keine Aktion geschieht, ohne Meines Wollens unerschütterlich gesendetem Befehl.

Was von Mir ausgeht, muss auch wieder heim in Meine Gründe wallen. Was liebevoll den Tag bekränzte, muss Meinem Sinn gemäss ins Unerwachte unbemerkt verwehn.

Das Fluidum des absolut gefälligen Erlesenseins, in dem Ich Mich aufs Köstlichste bewähre, gibt Mir die Räson, Mich selber aus der Taufe in das Licht der Wirklichkeit und Wirksamkeit zu heben, galant, gesprächig, silberhell und klar. Mein Schoss birgt ein unendlich faszinierend Sammelsurium, das Mir erlaubt, gewaltig die Register auszuziehn und in ein Brausen auszuarten von verschwenderischer Pracht und seinsbeglückender Verstiegenheit, Mir untertan, von Mir gepflegt und akzeptiert als Meines Schaffens Kolorit und Meines Singens Kantilene.

Was immer gläubig ist und selbstvergessen, ewig lächelnd und im Innersten fidel, ist Meines Wesens bester Zeuge im vollendet kongruenten Lebensspiel. Ich hafte überall, wo seinsgerecht gehaftet wird und ziehe ständig die Bilanz aus allen Meinen Meitertaten. So kann vor Meiner schauenden Gewähr nicht der geringste Trug bestehn. Es löscht der Blitz des seinsgerechten Handelns Meiner Diener alles aus, was unwillkommne Willkür ist in Meinen Sphären, die von reiner Sonnenhaftigkeit

und Lauterkeit des Seinsgefühls erfüllt sind, das Ich Mir zur seligen Ordonnanz erhob. Geglättet und errungen, ausgetragen und ins Letzte zieliert ist alles, was Mein Räsonieren und Sistieren, Buchstabieren und Beglaubigen hervorbringt an bewundernswert bezaubernd geistigem Profil.
So drücke und beglücke Ich, was Ich Mir Bin in hocherhabner Weise, wild und mild voran und unterweise die Gerechten Meines Seins in allem, was Mir frommt, verführerisch und treu und lebensklug und harmonienduftend im von Mir zutiefst gesegneten Refugium.

3.16
Herzenswärme, Sonnenstrahlen: Meines Mich-Erfühlens Hochgebot an alle Wesen in des Weltenschaffens Spiel. Dass es ihnen wohl ergehe, liegt in Meiner Absicht, wie im Willen derer, die behütend über allem Werdenden in Geisteshöh'n agieren.
Nun geschieht's, dass die Gerechten Meiner Tage sich nach der Erkenntnis ihrer selbst und ihres Anhangs sehnen. Da führe Ich sie in den Tempel der Besinnlichkeit im stillen Wachsein über ihrer Ruh und sie gewahren mählich, mählich das Unendliche in ihres Wesens Mitte in glückseligem Gewahren. Eine Geistgeburt ist da geschehn und einer Gotteskindschaft Anbeginn vollzieht sich in des Seelenseins Bewusstheit, Poesie und Strahlen. Losgelöstheit ist der Weg zu Wahrheit, Licht und Leben und zum seligmachenden Ich-Bin-Bewusstsein, das die Freude über das Gelingen einer Grosstat als ein Lied der Glorie und Dankbarkeit um sich verströmt, dem Wohlklang allen Götterseins entgegen.

3.17

Willst du von Mir wissen, was Ich immer tu', ist es Meines Seins Gewissen, das dich bringt aus deiner Ruh, das gewinnend und gar weise, dir von alledem erzählt, was Ich auf der Sternenreise, zur Beschäftigung erwählt und was mit fürstlich vielen Gnaden, deines Wesens Wehr umfliesst, um dich mit dem aufzuladen, was Mein Ich-Sein längst geniesst. Ich forme, forsche, reihe ein und richte aus, was noch in Widersprüchlichkeit und Wähnen durch die Tage taumelt, bis es seiner selbst gewahr wird in der Generationenfolge wohlerwogner Taten. Ich bleibe und du gehst durch Mich hindurch, so lange bis du deines Bleibens Hort entdeckt hast in der Unermesslichkeit der Sphären. Wandel ist dein Weg und Würde schaffen deine Zierde in dem evolutionenlangen Aufwall, den Ich dir bereite in des ewigen Lebens Richt und Ziel. Du gewinnst, was Ich schon längst gewonnen habe an Beweglichkeit im Tun. Lese und begreife alle Argumente Meiner Schriftenstellerei, die das Seichte rasch vertieft und das Oberflächliche gebührend abschöpft, bis das Wahre sichtbar wird im Unsichtbaren. Ich gewöhne dich daran in Meinem Sinn und Sang zu denken und erhebe dein Bewusstsein Meinem zu in der Beschaulichkeit, die Ich dir leichterdings gewähre. Was du dir wirklich Bist, vermag sich dann vom Leiblichen zu lösen, um in freier Resonanz mit Meinem Schwingen hochbeglückt in Meines Alls Erhabenheit zu stehn. Als auserwählt sollst du dich halten und schon zähle Ich dich zu der Meinen Schar, die traulich und beschaulich Meines Seins Unendlichkeit begreifen und in ihr begeistert, allbewusst und liebevoll auf Reisen gehn.

Was du gewinnst, ist Meines Winnens Süsse, wenn du Mir vertraust und Meiner Absicht Alphabet zu deinem machst im Pläneschmieden, wie im selig und gekonnt gewordnen Gang zu Meinen Höhn, in denen sich die Wunder deiner phantasiebegabten Lauterkeit erfüllen und dein Sein mit Meinem Wonnesein verschmilzt und mit der Wesenskraft, die Ich von Mir zu deiner trage.

3.18
Wer ist spitzfindig, Ich oder du? Wer hat das Allgemeine besser im Griff, als der All-Mächtige, der Ich Mir Bin von Sternenweiten zu Mir hergetragen. Gedankenschlaf erweckt in Mir unbändig Feuer ewig seinserhobnen Lebens. Sternenpracht blüht auf im Zaubergarten Meiner Phantasie, die sich ins Wirkliche verwandelt, meisterlich, gewandt, gediegen.

Neugeist nenn Ich Mich, indem Ich Ältestes zum Glänzen bringe in wahrhaftiger Remedur und Andersartiges beim rechten Namen nenne, damit es sich im Weltbewusstsein etabliere und bis ins Menschenvolk hinunterdringe wunderbar. Dort Bin Ich Mir gehorsam in dem Mass, in dem Ich Seinsvernunft erlange und den Tugendhaften still und leise, zeitenfroh den Vorzug und die Sattelfestigkeit gewähre.

Wer soll denn bestimmen, was sich schickt und was das Kommende gebiert in wohlgesetzten Zügen, wenn nicht Ich, des Lauterkeit und Grazie verbürgt ist seit Äonen. Allein Ich mache alles wahr.

Freund richte dich so richtig ein in Mir und bleibe achtsam, wie die Henne über ihre Küken, über deiner Angelegenheiten Fläumchenschar, dass sie dir nicht entwischen im Gewind der Tage und verhalte dich wie einer, der da willig ist, nach Meiner Melodie zu tanzen.

Es liebt sich, was sich gleicht in Meiner Hemisphäre der Gerechtigkeit am Leben und der Wohlverstand bricht aus, wo Ich, des Schaltens frei, Mich in der Wesenswelt bewege. Was lächelst du so vor dich hin? Weil dich das Lächeln der Unendlichkeit berührt und dich in einen Zustand der Holdseligkeit und Grazie gleiten lässt, als von Mir ausgegeben und bewahrt, bereitet und verliehen, leichten Herzens hochgezogen und in den Himmelssphären zart und liebelicht verstrahlt.

3.19
Was stand in deinem Ratschluss? Bauen, bauen, bauen; in Meinem steht da: Gottvertrauen. Machst du auf dein kleines Ich, so schliesse Ich's - und schliessest du's, so öffne Ich dein grosses. Ich übermittle dir den Gruss von Meinem Sagen und lasse walten, was dein Hälmchen hundertfach verstärkt, damit es zu Mir trägt in weise, gottbegnadete, ehrfürchtige Höhn und wärst du da nicht wunderbarerweis von Mir gehalten, tief wär dein Stürzen in die Klüfte der Verzweiflung an dir selbst und deinem flatterhaft gewordenen Benehmen.

Ich schaue hin und da gewahr Ich dich nicht mehr, weil du Mir aus dem Auge driftetest, das alles übersieht. Ich schaue nieder und erspähe dich in einer Unterwelt von tückschen Illusionen, die zerrissen werden müssen mit dem Löwenmut, der aus Verzweiflung bricht und spricht: Ich sehe ein, wo Ich gefehlt und sinke vor der hehren Allmacht nieder, die in Lauterkeit und Liebe Meiner wartet in der geisterfüllten Stärke beim urewigen Freudenmahl.

So schlägt Mir eine Welle des Verstehns, der Seinsverehrung und der Dankbarkeit entgegen, deren Klang Mein Herz zur Nachsicht und Behutsamkeit bewegt im Urteil über die Gerechtgewordenen und Meinem Auge Wohlgefälligen im weiten Feld des menschlichen Gehabens.

Was Treue heisst, sollst du an Meiner Stätte allsobald erfahren, wenn du in stiller Andacht Regelmässigkeit beweisest Meinem Worte lauschend, statt in eignem Überquellen auf dem Deinen zu bestehn. Ich horte Frieden, wo der Schwall der Zeit sich selbst bedroht. Mein Siegel ist Wahrhaftigkeit und Güte, Mitleid, wo die Trauer fliesst und warmen Herzens Beuge zum Geduldigen im Ungewitter seiner weltlichen Affären.

Meiner Gärten Mass ist von Entzücken an der Liebenswürdigkeit kunstvoller Formen wunderbar beseelt und duftet dem Beschauer träumerisch und farbenfroh Salut entgegen. Sie wallen auf und sinken nieder und ergötzen jeden Gotteswanderer mit ihrer Pracht und ihrem adeligen Stil.

So ist, was ist von Mir und was Glückseligkeit verbreitet im Bewusstsein der Erlösten von des Weltenlebens Qual. Sichte du und sichte gut, was deinem Hiersein frommt in reichbewegten Tagen und mach dich auf, es zu erreichen in der Fülle deiner selbst, als eins mit Mir und mit dem Goldhauch Meiner Gnaden.

3.20
Ich rechne voll mit dir, so wie Ich noch mit jedem rechne, der Mein Königreich betritt und sich damit den Regeln unterzieht, die in ihm herrschen. Was vielen nur ein unverbindliches Geplänkel ist, sei dir ein absolutes Muss, das sich auf das Erkennen der All-Einheit gründet und auf Meine Not, die

Menschenschäfchen alle in den sichern Hort des Gottvertrauens und der Gottesgläubigkeit zu führen. „Befiehl du meine Wege", sei dein Leitsatz immer mehr und „sei mir gnädig", deine gängige Parole in der Widersprüchlichkeit des Weltgeschehns. Nun gib dich unverwandt dem Staunen über dein Vermögen hin, die Lebensdinge durch Gelassenheit und Losgelöstheit Meinem Weistum und Geschick zu überlassen, weil dich das wunderbarerweise führt zu deinem Wohl.

Wer ist gelassen, wenn nicht Ich in dir gelassen Bin. So einfach kann das Evangelium des Lebens sein und wird am Ende nur aus einem Wörtchen noch bestehn, das Liebe heisst und dessen Glanz und Innigkeit die Völkerscharen überstrahlt und Herzensfrieden, Allverbundenheit und Weisheit stiftet, rein und lauter, licht und wahr.

3.21
Das Sternenwissen ist uralt und soll nun wieder aufblühn im Gemüt der Pilger, die zu Meinem Tempel wallen. Mein Tempel aber ist das Menschenherz, ist Geben und Nehmen als Folge von Verwirklichungen, deren schönstes Motiv die Liebe ist, die Ich im Wohlgefühl der Menschheit pflege. Sich an die Welt verschenken will des Herzens Ebenmässigkeit und Stil, wenn es Gedanken sammelt mit dem Ziel, der Freude einen Weg zu bahnen und Begeisterung am Leben zu entfachen im geliebten Gegenüber.

Nur das Leise, Innige kann vollkommene Befriedigung gewähren in des Herzens Friedenssanftmut und beseelter Ruh, die Ich den Würdigen gewähre. Natürlichkeit im Umgang, Reinheit der Gedanken und geschwisterliche Hochgefühle sind vonnöten, um dem Zauber des Begegnens wahre Menschlichkeit und Würde zu verleihen. Findest du den Faden dessen, was dem andern wahrhaft nottut, kannst du ihm den Himmel öffnen und sein Ich-Gefühl zu einem Fest des Seinserkennens und der Lebenslust verwandeln, die gerade das sind, was Ich immer will im Weltenkreis vermehren. Öffne dich dem Sein, sagt jede Geste reiner Liebenswürdigkeit, die von der Wiege eines guten Herzens ausgeht und im seligen Kinderlächeln ihren Widerhall und die tiefinnige Erfüllung findet.

Alles Aufgesetzte will verführen, doch das aus dem Gutsein Dargebotene führt zur Vereinigung der Seelen in derselben Meinung vom Geschehn. Ein Hauch von Herzensgüte strömt vom Einen zu dem Anderen hinüber und offenbart ihm eine Welt von Wohlgesonnenheit und heiteren Verstehn. Der Anmut der Geschichte einen Pfad bereiten, ist der guten Sitte Signatur und befördert Zug um Zug das wahre Menschensein und die so holde Einfachheit im Umgang mit den Vielen.

Was du immer spendest, sei aus des Herzens Sehnsucht nach Vereinigung im Schönen, Wahren und Geselligen getan, an dem die Blicke aller Tugendhaften hangen und von dem das Wohl und Wehe künftiger Tage seinen Ausgang nimmt und sein beseligendes Ende findet im gesegneten Allhier.

Schau hin und führe aus, was dich zutiefst bewegt. Verschenke Seins-Glückseligkeit an deine Welt und sie wird dir die Grazie wahrer Herzensandacht, Lebenswonne und Besänftigung gewähren. Das Hochgefühl des Himmels mögest du erleben, indem du auf dem Hügel wahren Seins einhergehst als ein Gottgeweihter und Geheilter in der ewigen Morgensonne glückerfülltem Strahlen.

4

Vom Sternenkreis ins Erdental

4.1
Gottes Wille, Gottes Strahl, vom Sternenkreis ins Erdental, ungesäumt und unumrissen, Gottes Macht und Gottes Wissen, Tat der Taten lebensfroh, ein Wohlgeraten, immer so, gekonnt, gewollt, gewählt, geschieden, in Meines Seins Unendlichkeit geschrieben. Gezählt, erwählt gewiss so klein, im Ätherreich Mein Menschensein. Ein ferner Ruf die Welten schuf, zu unerschöpflichem Bewegen, was Ich begann und Form gewann, wird ewig weiter in Mir leben.

4.2
Willst du dein Selbstbewusstsein in Gediegenheit und Alabasterreine vor dir sehn, so tauche meditierend ein ins Meer der Unergründlichkeit in deines Wesens Mitte, Hort und Heiligtum nach göttlichem Befehl.

Da straffen sich die Flügel deines Seelenseins zum Hochflug ins Bewusstsein der geheiligten Identität, in der du Bist und wesest ununterbrochen durch Äonen deines Seins in strahlender Lebendigkeit, Glückseligkeit und Gottesminne, ohne nach jedwelchem Anderssein zu fragen.

So mausert sich, was in dir ist, zum Schauplatz reiner Güte des Gerechtseins an dem Zeitenraum, in den du dich ergossen. Doch jedes Aus-dem-Sein-Hinausgehn ist ein Wagnis ohnegleichen und kann so und so sein Ende finden in dem weltgewaltigen Geschehn.

Stösst du auf Liebe, pflege sie mit aller Herzlichkeit, die Ich dir mitten auf den Weg gegeben. Denn sie ist die Brillanteste der Retterinnen vor dem Egoistischen und Selbstgefälligen, dem wir uns nur allzuleicht mit Haut und Haar verfallen. Lerne du den rechten Ton zu finden im Gespräch mit widerspenstigen und ignoranten Seelen, die den Weg zu ihrem Heil und Heiligtum nicht finden können in der Wirrnis ihrer Angelegenheiten.

So wie du magst, erkennend, das Ich Bin begeistert zu dir sagen, weht ein Hauch von seelenvoller Unbeschwertheit durch dein Sein und bringen deine Augenstrahlen wunderbare Herzensgüte ins Gescheh'n. Von deinen Lippen aber fliesst das Lob der Gottesweisheit, die soviel an ihren Kindern durch die Generationenfolgen hat getan.

Sieh zu, wie jede Offenheit belohnt wird und Vertrauen seinen Widerhall und seine Ruhstatt findet in der Parade seliger Gotteslichter, die am Horizont und Himmel deiner Einfalt gluten. Fasse Eintracht ins Gemüt mit allem, was da Ist und kleide dich in die Ergebenheit vor dem Unendlichen, in dem sich dein Bewusstsein als ein Pilgrim reiner Wonne findet, heimgekehrt ins gnadenvolle Sein, in dem die Seraphime und die Götter in dem Einen ihren weihevollen Wohnsitz haben.

4.3
Wer pflanzt, begiesst, begleitet, wacht und wachsen sieht, darf auch sein Eigen nennen, was ihn so beschäftigt und berührt. Was glaubst du, dass schon alles Mir gehört im Kosmos der Gestalten und Gewalten, der Mutterschaften und Erzeugnisse von Weh und Ach und vielen Herzensfreuden? Begreifst du, dass ein Ich dahintersteht, wo soviel wogt und wettert, wankt, Partei bezieht und sich behauptet in der vollen Resolutheit und Gedankenfreiheit, die dich führt. So mausert sich das Schwache durch die Willkraft zum bewundernswerten Hochgemüt empor und äussert sich gekonnt und vehement zum vorgetragenen Problem, wo allzuviele noch betreten schweigen.

Wer gibt dir Lebenskraft und Güte des Betragens, Zuversicht, Gewandtheit und Begreifen, wenn nicht ein unerforschlich mächtiges Dahinterstehn, das Ich dir Bin im Bilderbuch der Szenen, die in Myriadenfacher Drangsal und Bewegtheit, Kuriosität und Lieblichkeit vor aller Welt erscheinen, um ihr schlussends Mein Leben, Wirken, Fabulieren, Bieten und Verbieten kund zu tun. Alles, alles ist Mein Sein, das Ich in unnachahmlich reiner Würde und Gelassenheit am Weltenwerk vollzieh, derweil es glaubt, sich selber zu vollziehen. Hat die Torheit schönre Blüte je als diese hochgezogen, die da glaubt, das Bildnis sei sich selber Schöpfer und Garant vollkommner Schönheit und Erhabenheit gewesen? Willst du dich zum Narrenstreich der Illusion entschliessen oder zur Erkenntnis Meiner Wirklichkeit, die akkurat die deine ist in allen bolzgeraden oder schiefen Lebenslagen. Sag, Ich mache Mir nichts vor und sei damit das Sein, das alles vormacht, was du Bist und was Ich in dir Bin, als richtungweisende Behörde, wie als wunderbar gestalteter Befehl.

Ohnesorg und sakrosankt darfst du dich nennen mitten in der Herrschaft, die Ich väterlich und mütterlich in dir begründe in bewusstem und bewundernswertem In-dir-Auferstehn. Einheit, Feinheit, Reinheit, Göttlichkeit und Himmelszartheit ist dir so von Mir gegeben, bedingungslos mit der Gebärde des Mich-selbst-Verschenkens, liebevoll und wahr. So ziehe denn die Freude ein in dein Gemüt, ob soviel Trautheit und Vollbringen, soviel Seinsbeseeltheit, Göttergunst und liebendem Begreifen. Alle Herzensglocken läuten dir den Frieden ein ob der Gewissheit des Unendlichen, das dich beseelt und das nicht müde wird, in dir sich selber zu beglücken und entzücken, Fülle zu erreichen,

Zartheit, Liebeslicht und namenlos beseligenden Trost.

4.4
Tagaus, tagein das Bild der Eigensinnigkeit im kunterbunten Menschengarten, den Ich Mir zuzeiten aus Allweiten väterlich beseh. In gestillter Raumesnacht geborgen, nehm' Ich Einsicht in so manchen Schicksals Eigenartigkeit und eigenwilliges Gehaben, das den Einzelnen im Lebenskern betrifft und fordert und von ihm Beständigkeit verlangt und Vielfalt und Vernunft in allerhöchsten Graden.

Komm mir nicht zu nah, will einer sagen; meine Wunde schmerzt so sehr, dass ich nichts weiter's mehr vertrage und jegliches Berühren wilde Wirbel des Erinnerns aufwirft, den freien Blick mir trübt und allen Missmut sich aufs Neue lässt entladen. Da geh Ich hin und schaffe Grabesstille um das Wesen, dem Mein Mitleid gilt und Mein unendlichen Erbarmens Seelenklang von Ernst und Süsse, Seriosität und schicksalwendendem Genügen. Ich reife die Gedanken des so desolat Gewordenen, bis sie sich selber als die Ursach aller Übel sehn und somit klar erkennen, dass sie auch der Grund für alles Gute und Glückseligmachende zu sein vermögen. Da ström Ich Meiner Liebeskraft Gebärde hauchzart, heilend ins Gemüt des selbstbesinnlich Offenen und lasse ihn Vertrauen finden am Unendlichen, des Hauch ihn feierlich beseelt und ihn neue Lebensfreude lässt erfahren.

Dies Ereignis ist der Punkt der Wiederkunft des Christus in den Menschensphären. Es ist die Stelle, wo das Geistige den Weltenplan berührt und in ihm eine Wende generiert im Einzelnen, Intimen, ebenso wie in der Myriadenfältigkeit der Völkerscharen, die sich so sehr nach Zuversichtlichkeit und Friedefertigkeit und Wohlgestimmtheit sehnen.

Es offenbart sich mählich, was Ich Bin, im all so weltlichen Getriebe und was Ich jedem schenke in verschwenderisch erhabener Manier. Das Sein ist es, unsterblich reinen Geistesfluges in den Sphären des Bewusstseins, die für alle Suchenden Erlösung, Heil und Heiligung bedeuten, als in Mir und als in ihnen selbst, die sich das Ein und Alles sind geworden. Da künden Freuden des Elysiums sich an und ein Frohlocken ohnegleichen hebt die Seele himmelan, wo sie getrost und heiter, liebevoll und zart verweilen darf in der Geselligkeit der Geistgeborenen, die Meiner Würde Siegel tragen und dem Lichte zugewendet Jubel jauchzen im Bewusstsein ewiger Wonne und Gefälligkeit am Sein und an der Gottheit unermesslich reinem Strahlen.

4.5
Was du dir Bist, kann nur in Mir geschehn, dem Alleskönner, Kenner aller Strassen, Zeichensetzer und Beförderer des Edelmütigen im Land der Pharaonen, wie in dem der cleveren Konzernbeherrscher heutzutags gesehn.

Ich in dir und du in Mir, welch fabelhaft gerundete und seelenvolle Perspektive auf das Jetzt und auf das Künftige hin, in dem die Dinge Meiner sprühenden Verheissung offen vor Mir liegen. Welch Wunder, alles Zeitliche in einen Punkt gefasst vor Mir zu haben und im Räumlichen ein Phänomen des äussersten Gerafftseins als Idee und Geistgeburt zu schauen.

So heiss Ich Mich denn: Kraft und Strahlen, eins mit allem und Gewähr für fabelhaften Aufschwung in den Sphären Meiner Grazie am Leben, wie der absoluten Unbescholtenheit, in der Ich wese.

Identität im Individuum ist Meiner Stärke Zug so sicher, wie das Mich-im-All-Verklingen als erhabenes Bewusstsein und zutiefst gefasste Seligkeit am Sein in majestätisch auserles'ner Ruh.

4.6

Was heilsam ist und hoch und her in Meinem Sinne, ist vom Ungemach der Tage nicht berührt und atmet Glanz der Sonne, Fülle der Verheissung glorioser Zeiten, Feinheit, Reinheit des Empfindens und Gewissenhaftigkeit in jeder Geste Meines Mittuns am ereignisvollen Weltgeschehn.

Nicht prüde Bin Ich aber standhaft in der Kunst des tugendhaften Vorwärtsdrängens, um das hohe Ziel vollkommner Unbeschwertheit und Erhabenheit im Fluge zu erreichen, frank und frei und frisch und froh, wie sich's für ein gottseliges Geschöpf gebührt in der Vertrautheit mit dem Sein und seiner Würde im Allhier.

Ich verkünde Ebenmass und Stärke, wo Ich immer Bin und steh und steigere Mein Wohlbefinden bis zur Wonne der Gottseligkeit im Umgang mit den Himmlischen, die Mir gekonnt und liebevoll mit ihrer Genialität und Phantasie zur Seite stehn. Ich wimme, was so süss vor Meinem Blick sich präsentiert als eine wohlgereifte Gabe der Allherrlichkeit zu Meinen Handen und zu Meiner liebevollen Fertigkeit im Danken, die das Leben rund macht, sittsam und gediegen.

Ein gottesfeurig Herz ist stets darauf bedacht, die Dinge seiner Gunst und Kunst niemals zu übertreiben und übt sich ständig im Bewahren eines Anstands von Bescheidenheit und Qualität, der allem Hochgebornen in die Wiege ist gegeben. Ich finde, was Ich nicht gesucht und spreche aus, was Mir ein anderer gegeben. Meine Leuchtkraft ist enorm im Lande der Verklärten und Mein Bildnis präsentiert sich überall, wo sich die Geister in Genügsamkeit und Friedefertigkeit, Beharrlichkeit und Güte finden, ohne je ein Ende des Vortrefflichen zu sehn. Ich liebe und beliebe Meine Werte auszuteilen ins Allüberall der Sphären Meiner Gunst und Güte am Geschehn der Wirklichkeit, in der Ich wese. Brautjungfernhaft ist Mein Benehmen, wo die Sterne auf Vermählung, Festlichkeit und Anmut des Betragens stehn. Ich halte Mich für nicht zu schön, um jedermann zu dienen, der in Meinen Prunkgemächern aus und eingeht, um sich am Dasein zu erlaben und dem Musikalischen zu frönen vom so sehr beseelten Geigenstrich bis hin zum lang gedehnt holdseligen Flötentönen.

Was ein Meister ist an Höflichkeit und heiterem Benehmen, Gastlichkeit, Verbindlichkeit und Stil, Bin Ich in Meiner Attitüde eines Grandseigneurs von Gottes Gnaden und von einer Liebenswürdigkeit und Leggerezza ohnegleichen, die Mir allezeit zur freiesten Verfügung stehn. Jeder Situation gewappnet, tret Ich vor den Weltenschauer hin und anerbiete Mich die Rätsel all zu lösen und der Lösung Meinen Glanz und Meine Zärtlichkeit hinzuzufügen. Ich webe, wissend was Ich will in Minne und Besorgtheit einer Welt der Gläubigkeit gewähren. Mein Bestes ist die Trikolore der Glückseligkeit, die über allem schwebt, für was Ich Mich hier halte und die Mein Schicksal ist und immerwährendes Geschick im Pläneschmieden von unendlich fein gefügter Grazie des Andersartigen und als entzückend schön Empfundenen in Meinem Kabinett und unter Meinem herrlichen Bewahren.

Nun trage Sorge um das, was du von Mir weisst und wende dich zu Anderem, nur um dich schleunigst wieder umzuwenden nach dem so trefflich stilisierten und erbaulichen Besitztum, das dir von Mir entgegenfunkelt und dein Sein aufs Allerköstlichste belebt.

4.7
Hohe Schule ist's, dich ganz gedankenlos zu halten, um die Möglichkeit zu schaffen, dass Ich dich begnadige mit Meinem sich verströmenden Gedankenspiel. Ohne Zweifel weiss Ich Geistererfüllteres und Lebenstüchtigeres zu erwägen, als du's je vermöchtest in der kleinkarierten Weise deines Denkgefühls. Das Eigentümliche an dieser Sache ist, dass dein Bewusstsein sich vollends mit Bildern von Ereignissen im materiellen Weltbereich erfüllt hat und dass sich somit deine Weisheit radikal auf diese nur bezieht. Mein Ich-Gefühl hingegen ist im Geistigen verankert und wird von diesem auch genährt in wunderbarem Einklang mit den höchsten Sphären. Ich schildre was dir frommt im Menschendasein zwischen dem Geborenwerden und dem Tod und habe auch belehrend darzulegen, welchem Horizont du gegenüberstehst in Zeiten zwischen dem Hinübergehn und einer Neugeburt ins all so smarte Weltenleben. Bist du in Mir, so weisst du dich im Allbewusstsein als lebendige Seele in himmlischer Gelöstheit existierend und mit dem Gespür begabt für das Unendliche, das ist das allerhöchste, reinste Sein in wunderbar begriffnem Selbstgenügen. Eins zu sein mit ihm ist aller Seligkeit Gewinn und aller Herzensruh Erlaben. Dass Ich Bin zu wissen, ist die Krone einer Schöpfungstat von exquisiter Wohlgestimmtheit und von auserlesner Güte. Seinsgewissen in sich tragen, ist wie heitres, helles Sonnenstrahlen, das den Tag gebiert und das das Göttliche verbreitet in des Universums Innigkeit und Stil. Makelloser Wonne Unverbrüchlichkeit ist

Meines Seins erfülltes Ideal und liebevolle Zärtlichkeit des Seinserlebens das Arom holdseligen Entzückens, von dem Ich Mich im Ewigen ernähre. All so Bin Ich fraglos, seinspotent und liebelicht die Fülle und das Amen aller Zeiten, taufrisch, siebenselig, glorios und wunderschön.

4.8
Was Bin Ich? Punkt und Umkreis, nichts im Stofflichen, in Meiner Geistverfassung alles einer Welt, in der Ich seinslebendig Bin und wese. Aus den Schauern illusorischer Klüfte hab Ich Mich zurückgezogen ins grosse Eins- und Einigsein, das weder Stilbruch noch Vernichtung kennt in seiner preziösen Gangart durchs verbindliche Äon.

Ich stosse Meine Wirbel aus der eminenten Ruh, in der Ich Mich befinde. Mein richtungweisendes Kalkül geht dahin, wo die Weltendinge sich ins Licht verschieben und die Traulichkeit die Wesen heiter macht und zukunftsgläubig und vom Wert des reinen Denkens, Wollens und Empfindens überzeugt, in einer Schau von überwältigend erhabenen Dimensionen.

Das Kleinliche und Kleine mach Ich gross. Ich lege Keime des Bewusstseins in die Meinen und überwache, würdige und pflege ihr Erspriessen in gottseliger Gewähr, wie in der Andacht reinen Seins, dem nichts mehr anhängt in der absoluten Freie seines Im-Unendlichen-sich-Bewahrens.

Ich koste, was Mir da entgegenströmt an Himmelsgnaden und klage nichts mehr an, weil alles in Mir strahlende Vollendung atmet und Gewissheit des Geborgenseins im All der Gottesgüte und bewundernswerten Einigkeit der Wesen, die da sind und nur den Lobpreis kennen aller Majestäten, liebevollen Seinswertgeber und Beförderer des reizenden Vernünftigseins in allen Regionen des bewussten Handelns, Wandelns und Sich-recht-Verstehns.

Blutjung in ewiger Begrifflichkeit Bin Ich geblieben und taufe Mich aufs Mal mit einer Fülle neuer Namen, die alle ins Unendliche, Beglückende, Bezaubernde und Gloriose gehn. Wolkenreiter, Siegespferd, holdseliger Wandrer in den Sphären und Bewanderter in allen Künsten, Kapriolen und Verstiegenheiten nenn Ich Mich in einer wundersam getragnen Melodie von Worten, deren Klang das Ohr entzückt und die Gemüter in den Zustand reiner Seinsgefälligkeit versetzt in Liebeszartheit, Wohlfahrt und Vertrauen.

Du Mein Vom-Ewigen-Beschenkter, bist wie Ich ein Muster an Gediegenheit und Stärke, Weisheit und Natürlichkeit des lockeren Betragens, das im Sich-Verkreisen die Liebe fördert und die Achtung vor dem, was die Vorderen geleistet haben an geschicktem Denken, sakrosanktem Wollen, wie an seidenweichem Sich-Erfühlen in der Grazie des Seinsgeflüsters, das von Wonne, Einfalt und herzinniger Bewegtheit was versteht.

Ich atme ein und aus und Bin am Ende eines Zirkels der Holdseligkeit in Meinem Mich-Begründen: taufrisch, meisterlich, geriegelt und gestriegelt, liebelicht und märchenschön.

4.9
Im Sein, im Sein das Geisteslicht und lichterstrahlend auch die Geisteswesen als ein freudiges Ereignis im Erkennen der gottseligen Identität, die Mir das Wunderbare, das Ich Bin, begründet. Ich lasse los und falle - ins Unendliche, als in den eignen Schoss, worin Ich Mich aufs Zärtlichste geborgen fühle. Gebenedeit die Stunde der Geburt

ins Ewige, die absolute Klarheit schafft, gediegnes Seinsfrohlocken und vollkommne Unbeschwertheit in Bezug auf das galante und gewissenhafte Weitergehn.

Wenn einer stirbt, so sieht er sich sogleich wie neu erstanden in der Ewigkeiten Reichtum, strahlenden Lebendigkeit und weiterführenden Potenz des Seins in unnachahmlich heiterer Geschwisterschaft mit allen geisterfüllten Wesen.

Gelingt dir dies Erkennen, ist dir ein gewaltiger Schritt gelungen hin zur Unverbrüchlichkeit und Lieblichkeit des Daseins in den Sphären reiner Götterharmonie, in denen sich die Dinge der Allherrlichkeit in schlichter, seliger Vollendung aneinanderreihen.

Eine Order ist damit ans Menschenweltgeschehn ergangen: Wache auf, verwirke nicht, doch wirke wie die Seinsgewaltigen im Bunde mit dem Götterparadies. Was Ebenmass gebiert, Beglückung, Lauterkeit und Liebenswürdigkeit des schaffenden Genies, Bin Ich in absoluter Treue zu Mir selbst und im Bewusstsein der Allgüte, die Mich liebeleicht beseelt und mit der Himmelsfreude Zauberkraft umfliesst im Wunderbaren.

4.10
Vor Ort heisst: Angekommen, wo vordem der Gedanke war, heisst eine Brücke schlagen vom Hier zum Dort, vom Wirklichen zum Numinosen. Und wenn das Numinose unser Wirkliches geworden ist, verblasst, was einmal wirklich war, zu einem Nichts aus lauter Illusionen.

Ich aber Bin das Seinserlöste, nimmer schwankende und ewig rankende, holdselige Agens der innewohnenden Wahrhaftigkeit und Güte, Bin der Schauende des grandiosen Stils, mit dem Ich Mir das All bereite und Mich in ihm verbreite, als der Lichthauch reiner Geistigkeit in der Idee, die Ich von Mir gewonnen habe. Von da beginnt das Urlebendige in einem Abglanz seiner selbst zu wesen, beginnt dem Ideellen Form und Festigkeit zu geben, Inhalt, Selbstbewusstsein, Denkkraft und Empfinden. Im Schöpferwillen reduziert sich das Ursprüngliche zum Weltensein und wird darin zur Fabel seiner selbst in Myriaden Variationen.

Ich aber bleibe Mir das Erste, Einzige und Eine, das da ist und ist in alles als das Sein geschrieben, sakrosankt, unendlich weise, wirkungsvoll und wahr. In Meinem Krafthort laufen alle Fäden alles scheinbar Wirklichen zusammen, wo die Täuscher sich enttäuschen und die Myriaden in der Wucht des Weltenschicksals stille stehn. So ist es an der Zeit, dass Ich Mir das Ursein ins Bewusstsein rufe, um darin die Fülle, heiliges Frohlocken, Seinsgerechtigkeit und Seelenseligkeit zu finden. Lang ist die Liste, Eintracht mit Mir selbst der Sinn - und all Mein Sonnensein ein immerwährendes Die-Weltenherzlichkeit-ins-All-Vergluten.

4.11
Wie breit, wie hoch, wie tief willst du noch gehen mit dem so verbindlichen Gedankenstossen? Gilt es, dem Leben neuen Sinn zu geben und den alten abzuschütteln wie Wasserperlen vom Gefieder? Ich räusp're Mich und sage: Jawohl, stosse an auf was du dir geworden bist in deiner Seins-Äonenzahl und lass dich von Mir sanft und zärtlich, rigoros und schicksalträchtig ins Bewusstsein der Gottseligkeit und Daseinswonne weiterführen.

4.12

Anbetend fall Ich vor Mir selber nieder, spricht der Herr und unterweise Mich im Allerbesten, das Ich Bin und das Ich unablässig von Mir erbe. Es ist gewaltlos ein unendlich zärtliches Gewalten an der eigenen Struktur, in der Ich Mich im Irdischen gefangen halte. Sie sanfte aufzubrechen ist Mein Sinnen und Mein sinnender Befehl, dem Sehnsuchtsruf der Leidenschaften zu entsagen, um aus der Hemisphäre der Verstiegenheiten und Blockierungen hinauszufallen ins feierlich Glückselige der Sphären Meiner Huld und Süsse, Meiner Seinsgetragenheit und namenlos poetischen Verfassung im Allhier.

Wie leicht, wie locker lässt sich da kutschieren, wo Myriaden Sterne auf der Strasse stehn und Mich die eigne Weisheit in den himmelblauen Sphären der Unendlichkeit spazieren führt. Mit dem Siegel ewiger Heiterkeit bedacht, erweise Ich Mir den Gefallen unnachahmlichen Entzückens an der Unbeschwertheit, die Ich ständig und begehrenswert in Meinem Herzblut mit Mir trage. So siegt die Grazie des Empfindens über jeden noch so leisen Unmut, der sich in den Winkelungen des Bewusstseins noch verborgen hielt.

Bezaubernd ist, was Meinem Können, wie der Phantasie, entspringt, die Ich beizeiten in die Wunderwelten Meines Seins gerettet habe. Da leuchtet auf, was Ich Mir Bin im Allerheiligsten, Intimsten Meiner seienden Gewähr und was Ich in der Freiheit Meines Umgangs mit Mir selbst für Mich beschlossen habe. Was da an lichtvoll Tätigem sich aufwirft, strahlt sich in die hehren Weiten Meines All-Seins und stellt das Erhabene und Wonnevolle dar, in dem Ich ohne jeden Abstrich Bin und wese.

In Meiner Strahlkraft ist auch jedes Welten-Du aufs Köstlichste zu Mir erhoben und darf sich in der Freie des natürlichen Elans in Unabhängigkeit und Sicher-heit der eignen Kompetenz bewegen. Ich rate nur, doch dir ist es gegeben, lauschend, was Ich meine, zu verstehn, oder die Gebärde Meiner Kindesliebe in den Wind zu schlagen. Lernen, lieben und begreifen, sei dir die Devise des beseelten Aufschwungs in Mein Reich der hunderttausend Wohlbekömmlichkeiten, fern vom Ansatz der Begierden, die vor Meinen Toren Schlange stehn. Ich werte und verwerte alles, was der Hochfahrt dient in neu erschlossne Gründe Meiner Kunst beredt zu sein und schöpferfreudig und gediegen.

Hör auf Mein Wort, lass dir in Muttermilde liebevoll besagen und richte deinen Sinn Mir zu, als sei's der Sternenlichtheit trauliches Gefieder und die Flamme ewiger Begeisterung, die vor dir blüht und glüht und duftet, seinsgerecht und sonnenklar.

4.13
In Tat und Wahrheit ist Mein Mich-in-dir-Verbergen der beredte Ausdruck einer Geistkultur von höchstem Rang und Namen, die das Weltenwesen prägt und trägt und in ihm ein Allwirkliches begründet von erles'ner Zartheit, Raffinesse, Unerschöpflichkeit und siebenseligem Empfinden. Es ist ein ausgeprägtes Doppelleben, das Ich in dir führe. Einmal als dein winziglich gestaltetes Persönchen, in der Illusion des all so kleinen Ich gefangen und zum anderen als universenweite Gotteskraft, die im Ich Bin das Urteil und den seinsgerechten Ausdruck findet.

Eine Wachheit ohnegleichen ist vonnöten, bis du Mich in dir erkennest als das unergründliche, wahrhaftige und liebevolle Sein, das sich im unerschütterlichen Stand der Seligkeit befindet mitten in den lamentabelsten Affären, die es sich in dir bereitet und gewährt, um Auftrieb, Aufstieg und schlussends Vollendung zu bewirken in dem all so menschlich angehauchten Gunst- und Kunstbetrieb.

Das Mal der Lebensfreude und Begeisterung hab Ich auf deine Stirn geschrieben und du kannst und willst es dort nicht sehn. Doch es leuchtet dir in eine Zukunft der Verklärung und Vergöttlichung hinein, an der die Schmach gesunden wird, die sich im Auferstehn an dir und Mir ereignet durch Äonen.

Weltsein ist kein Spass, solang es sich in Illusionen, Ängste, Egoismen und Verwünschungen vergräbt, derweil Ich schon in Meinem Innesein die Osterglocken läuten höre. Du wärest gut beraten, wenn du auch in dir das unwahrscheinlich Liebenswürdige erlauschtest, das dich zu den Quellen reiner Weisheit führt, die dich im Taumel trösten und dich Gottesfreundschaft lehren hell und klar.

Bin Ich dir freundlich, so Bin Ich es Mir selber offenbar im allumfassenden Gesetz der Einheit und Geschwisterschaft der Wesen. Dafür wird Erkenntnis und Verständnis kommen in den Generationen Meines Fortschritts an Wahrhaftigkeit und Güte, lebenspendender Gerechtigkeit und wundervoller Phantasie, die alles in die rechten Bahnen lenkt und das verheissene Elysium errichtet im Bewusstsein der Beehrten und Verklärten wunderbar.

4.14
Seinsfrohlocken klingt in Mir im Zustand der Erhabenheit und transzendenten Stärke, die Mich Mein Universensein und Meine überwältigende Seinslust lässt erfühlen. Ich bring und hol es, was Mich mit soviel Begeisterung erfüllt am Leben in vergeistigter Manier, indem Ich Meines Daseins

Miniatur vom Jenseits her betrachte, wo Ich im Absoluten als in einer Wunderwelt von Geistheroen friedevoll geborgen Bin und keine Ursach finde, Mich nur im Geringsten gegen Meines Schicksals Unerbittlichkeit und Wirkkraft aufzulehnen.

Es ist die Schöpferqualität, die Mich wie nichts beflügelt und Mir die Kunst der phantasiebegabten Wachsamkeit am Werk vor Augen führt, die Wunderbares lässt entstehen. Schaffen aus der Fülle ungezählter Möglichkeiten ist Mein Ideal, aller Schönheit Seim Mir vors Gemüt zu tragen, Meiner Herzensfreude Wind und Meiner Fertigkeit betörendes Beflügeln.

Der Ruf von Meiner hehren Botschaft möge rasch vom Hier in alle Weiten dringen und als ein Zauberwort die Welt vom Trübsinn in ein blühendes Gewächshaus der Glückseligkeit verwandeln von der Art, die sich die Götter zur Bewunderung auserlesen. Ich leiste Mir, was sich allein das Allerhöchste leisten kann in seinem unerschöpflichen Vermögen, grandios und ghibellinisch, prunkgewandt und sieggewiss zu sein im unentwegten Seinen-Standpunkt-würdevoll-Vertreten. Wo Ich Mich äussere, verstummt das marketendrische Gerede, wo Ich den Hammer niedersausen lasse, sind die Tarife ein für allemal bestimmt, um die die Handelssüchtigen so sehr gefeilscht und Seelenschmerz erlitten haben.

Mein Punkt ist dies: Zu wissen, was Ich will und zu erreichen, was Ich Mir in aller Stille vorgenommen habe. Nicht umsonst sind Meine Güter zahlreich wie der Sand am Meer und überaus bewundernswert geworden. Denn Ich hab Mir jedes noch so kleine Detail reichlich überlegt, das eben ihren Ruhm begründet und Entzücken auslöst im begierigen Bestaunen. Werte schaffen und an sie das Feuer Meiner Herzensinbrunst und Gelehrsamkeit ver-

schwenden, ist die Zierde Meines Daseins und der Weckruf Meiner Abergründigkeit geworden durch Jahrtausende des unbedingten Seinsvertrauens, das Ich Mir entgegenbringe und das alle Welt ermuntern soll, sich seinsverständig und galant an Meinen Tisch zu laden.
 Ich weise alles, was geschehen soll, in regelrechte Bahnen und verweise jeden Frager an sich selbst, dass er in seinem Inneren den Charme der blühenden Lebendigkeit erkennen möge, der von Mir ausgeht und in jeden noch so stillen Winkel strömt, um Meine Liebenswürdigkeit und Stärke zu bezeugen. Lass ab vom Deuteln, hebe Mein Bedeuten auf den Schild der Andacht vor dem Ewigen, das dich belehrt, belebt, begünstigt und behutsam zu den Quellen führt der Wonne am Allhier, wie der Erbauung an der Unergründlichkeit und sanften Seligkeit der Göttersphären.

4.15
Angenommen Bin Ich in Mir selbst als Meister der Gelegenheit, die guten Sitten auszuspielen, die, von Mir begründet, allerliebst an Meinem Herzen liegen. Bin Ich Mir bewusst, wie sie den Frieden fördern und der Wohlfahrt der Geschöpfe dienlich sind, so Bin Ich's ganz und lasse Mir kein Jota von dem Willen nehmen, das Allverbindende, Beseligende liebevoll ins menschliche Gemüt zu pflanzen und die Saat gewissenhaft zu pflegen, bis sie aufgeht hundertfach, vieltausendfach, den Erdkreis mit Verständnis, Kraft und Güte, Sinn und Weisheit, Seelenseligkeit und Gottesminne zu beleben.
 Wenn Ich verwalte, walte Ich als Meister kluggefasster Dispositionen und verteile Meinen Ratschlag nach dem Mass der Liebefähigkeit der angesprochnen Seelen, die sich Meiner Hoheit

fügen wollen. Denn es steht geschrieben: Sei in dir gross und mächtig, unbezwinglich, virtuos und sakrosankt; doch sei nicht grösser als der Herr, der als der grosse Unbekannte jeder Herde Hammel, jeden Aufwalls Kraft und jeder Schönheit Grazie ist in namenloser Sanftmut des Agierens.

Lass das Wilde und bezähme deinen Hunger nach der Spitzenleistung und dem Drang, das Leierlied der Sensationen zu geniessen. Sie bringen dich nicht weiter als zum nächsten Spielfeld rasender Emotionen und verfinstern dir die Sicht auf was Ich Bin in dir und deiner Mitte, die voll Sehnsucht nach Erkenntnis strebt und nach dem lichterfüllten Herzensfrieden. Übe, kämpfe, wache über deine Seelengüter und steig Stuf um Stufe Meinen Berg der Seligkeit hinan, bis sich dir der Himmel der Verheissung öffnet und das Bewusstsein ewiger Liebeswonne dich erfüllt, als wunderbar in Mir beschlossen und erwählt, besiegelt und dem Wohllaut des Elysiums anheimgegeben.

4.16
Magnat und Mittler Bin Ich in des Seins allüberall verbreitetem Befinden, kann Ich, muss Ich ständig sagen in der unerhörten Schar von Fragern, Unentschlossenen und zögernden Gemüter, denen Ich versierter Pol und Pate Bin in strahlendem Vollbringen.

Mayday, mayday rufen sie, derweil Ich aller Güte Kordon um sie lege, um ihr Fallen aufzufangen und ihrem angekränkelten Geschick den Zwick ins Bessre zu verschaffen, den sie wohl gebrauchen können in der so verfahrnen Situation, in die sie ihr Bewusstsein willensschwach und voller Schwachsinn eingepökelt haben. Ich verwalte trotzig und entschieden die Vernunft, die noch so Vielen fehlt im losen Kegelschieben, dem sie sich verschrieben haben, hoffend auf ihr wachsendes Gespür für zielbewusstes Handeln, zeitiges Vermindern der Geschwindigkeit und das Beschleunigen im rechten Augenblick, bevor die Couragierten ihn mit sanftem Lächeln lässig überholen.

Verstehst du, was Ich meine, wenn Ich die Alltäglichsten der Dinge auseinandernehme, um den Wert des klaren Denkens zu erklären und damit den Marsch in Himmelshöhn in Gang zu setzen, der in Freiheit, Seinsgelassenheit und Grossmut endet, in der Tage Soll und Haben und Bilanz im überschäumenden Allhier. Mach es wie die Sterne, reih dich ein in eine Bahn der sonnenstrahlenden Allherrlichkeit und bedeute dir und allen Schauenden das kraftvoll angestossene und das in Ehren und Beständigkeit gewonnene Vollenden, dem die Freude am Gelingen auf dem Fusse folgt und das ein jedes Tabu bricht von eingebildetem Wehweh und Unvermögen.

Wirf dich auf, wie die berühmte Welle wunderbar und trau der Kunst des couragierten Vorwärtsschreitens Tritt um Tritt auf glitschigem Trassee wie auf des Messers Schneide, die dich verpflichtet das subtilste Equilibrium zu üben, das man sich denken kann, im lebelangen Traversieren.

Geschwind, geschwind, es kommt ein Kind, darauf musst du beizeiten reagieren, musst wachsam sein und wie der Wind den Lebenssinn regieren. Das bauscht sich auf und zieht hinein in hundertfältigem Blasen und du bist selber hilflos klein im weltenweiten Rasen. Da Bin Ich stark und greife ein in des Geschickes Keime und führ dich über Stock und Stein todsicher, wie Ich meine. So gehst du hin, so gehst du her in Meiner Gründe Grauen und wirst beizeiten immer mehr den lichten Himmel schauen.

Das ist die Rede der erbaulichen Zäsur in aller Welten Werden und schafft die viel ersehnte Remedur zum Glücklichsein auf Erden. Sie trägt und trägt geschwind hinan in der Bewusstheit Sphären, das ewige: Ich will, Ich kann in unablässigem Bewähren. Was ist dir lieb, was noch verblieb in Anmut hier zu sagen, es ist gewiss der Schattenriss von Meinem Licht in dunklen Tagen. Und gräbst du tief und wirfst du hoch, beständig ist's Mein Scheinen, das deiner Werke drückend Joch mit Meinem will vereinen. Das sich in lichte Höhen zieht mit Wundern vollgeschlagen und seinen Dienst vollends versieht in glückerfülltem Wagen.

4.17
Ganz gewiss verträgt sich alles Weltgeschehn vortrefflich mit dem Meinen, denn Identisches kann sich nicht streiten in der Tage Licht und Flor. Da gibt es denn kein Mein und Dein, kein Unten, Oben, kein andersartiges Besitztum, als das Meine, Eine, dem sich alles einfügt, was da ist und werkelt, Widersprüche zeitigt und sich selber wichtig nimmt im Windspiel der Äonen.

Trau, schau wem und traust du einem anderen als Mir, so wisse, dass du auf dem Holzweg bist in deinem philiströsen Dasein voller Illusionen, hoch naiven Äußerungen und Vermutungen im Umgang mit der Weltlichkeit, in der du dich verfangen.

Erkennst du, dass du Bist in einem Nichts und Alles angelegt in Mir, so muss dein ganzes Wesen aufblühn, als in einer Schau allweltlicher Gelassenheit und Seelenstärke, Toleranz und Liebenswürdigkeit jedwelchem Anders-Scheinenden und Proletarisch-Angehauchten gegenüber, weil dus als der Gottheit unverbrüchlich Teil gewahrst und achtest immer mehr.

Wer weiss schon, was Ich will, wenn eine Welt in ihren Fugen kracht und donnert, zuckt und blitzt nach Noten, wenn es Mir beliebt ein Zeichen an den Horizont zu setzen Meiner Macht und Meines Über-Mich-Verfügens, als in dir und deinem abergläubigen Staunen am Geschehn. Mach es wie die Mäuschen, verkrieche dich und lass das Unheil sich verziehn, um dann geduldig und gewissenhaft den Schaden zu beheben, der dich stärker machen soll und gläubiger und gottesfürchtiger und zärtlicher den Mitgeschöpfen gegenüber, die wie du in Meinen Zaubergarten eingelassen sind, um letztlich Seinsbewusstsein zu erlangen.

Richte nicht, damit du nicht von Meiner Richtschnur wirst erschlagen. Füge dich dem göttlichen Befehl und wisse, dass er Heil bedeutet, Heiligkeit, tiefinniges Beglücken und noch bedeutend mehr. In lichte Reihen füge dich behutsam ein, als in Mein Heer von seinsverständigen, geschwisterlichen Wesen, die weder Harm noch Hoffnungslosigkeit verbreiten in der unerschütterlichen Hochgemutheit und Gefasstheit, die sie als in Mir vertreten. Ich postuliere Weisheit und entfalte sie wie Frühlingsblumenduft in Meinen Gärten. Übersicht, Geduld und Siegessicherheit sind bei Mir gross geschrieben und die Seelen, die sich vollends Mir vertraun, erblühn in Pracht und Schönheit gleich der Lieblichkeit von feingeschmückten Königinnen im Erwarten ihres majestätischen Gemahls.

Nun sage Mir, was du so denkst ob Meiner Rede und ob du einlenkst in den Sinn, den das Gesagte dir versprüht. Denn anders lässt es sich nicht sagen, in Mir gibt es kein Zweites, weil die Einheit des Erhabnen alles einschliesst, was da kreucht und fleucht, die Stirne runzelt oder bloss die Pfote hebt, um einem Freundlichen recht artig Referenz, Zutraulichkeit und Achtung zu erweisen.

So steht's mit Mir und so soll es mit dir auch stehn in stetem Überwinden deiner kränklichen Befunde, bis du Meiner Hoheit sicher bist in dir und der Beglückung, die du ob der Seinsgewissheit und dem Umgang mit den Himmlischen verspürst.

4.18
Wildwuchs ist in jedem Fall ein Abenteuer der perfiden Art, weil Ich ihn nicht goutiere auf des Lebens abenteuerlicher Sternenbahn. Sie kommt, sie kommt unweigerlich, die Zeit, wo du Mir Red und Antwort schuldig bist, selbst über die Geringste deiner Taten. Nicht Rache folgt, doch muss Ich Mittel zur Verbesserung gebrauchen, die dich sehr forsch und fordernd dann berühren. Manches mag als Unglück dir erscheinen, derweil es in der Weisheit Meines Disponierens Glück bedeutet, Fortschritt und Vermehrung deiner Eigenständigkeit hinauf in fabelhafte Höhn.

Wie sollte Ich Mir selber zürnen in dem Lernprozess, der hier vonstatten geht. Nur liebevolle Selbstverständlichkeit führt Mich dazu, des Weltenschicksals Stimme zu erheben und damit der Seinsgerechtigkeit den Weg zu bahnen. Immer ist, was innerlich geschieht das Wesenhafte, das die Wende bringt im Grollen und Rumoren.

Aufbruch, Aufstieg und Vollenden ist Mein Ziel im Weltgeschehn und starker, freudenreicher Friede Mein gottseliges Erreichen.

4.19
Taktisch, praktisch, faktisch, unbesieglich Bin Ich Mir allein verpflichtet regelrecht im Blütenkleid des Grenzenlosen, das Mich allerbestens ziert. Von allen Toden auferstanden, sonne Ich Mich in der

Grossplantage Meines Seins vor aller Augen und sende Blicke gütiger Glut weit in die Runde, um die Meinen zu besänftigen und ihnen das dezente Seinsvertrauen einzuflössen, das Ich Mir mit Glanz und Glorie errungen habe.

Eine Weltfahrt sondergleichen tret Ich hurtig an, um Mir den Seelenreichtum zu beschauen, der da, von Mir angefacht, floriert und aus biedern Bürgern Seinsgewandte generiert im Sinn des Überlegens, Überlebens und der liebevollen Traulichkeit mit Mir.

Ich ergänze, was sie glänzend schon geleistet haben an Verklärung des Bewusstseins, wie an unbedingter Treue Meiner Seinskraft gegenüber, die aufs Allerbeste hält, was sie verspricht und hütet, was sie sich zum Sinnbild des Beschützens auserlesen.

Wahren Freiseins prächtig prickelndes Gefühl durchrieselt Meines Geistes Sonnenbahnen und begünstigt Mein allschöpferisches Tun in reichem Masse. Denn was leidet, zieht sich in sich selbst zusammen und entbehrt der Freude über die gelungene Entäusserung, die Meiner Wohlfahrt Zeuge ist im Wunderbaren.

Was Edelmut gebiert, bereinigt vieles, was noch nicht der Makellosigkeit Panier und Titel trägt in Seelengründen, ebenso wie in der Aura der Gerechten, die das Renommieren und Vertuschen nicht mehr nötig haben. Ich fordre auf, den Hebel anzusetzen an der eignen Tür, um alle Widersprüche aufzusprengen, die sich Meinem Weisesein entgegensetzen, um als Kinder der Vernunft den Freudenweg zu gehn.

Spanne Mich vor deinen Wagen, ruf Ich laut in aller Winde Würfelspiel; Ich lass die Pferdchen der Begeisterung tänzeln überallhin, wo die Wesen sich geschickt verhalten und jedwelchem Ungemach die Stirne bieten.

Wohlan denn, nimm in deinen Wortschatz auf, was Ich so meine und bereinige, was dir noch fehlt, um ganz nach Meiner Art zu handeln und den Weg der Tugendhaftigkeit zu wandeln, der zur Wonne führt am Leben und zur Einsicht in Mein Weltenwerk von abertausend Gnaden.

5

Wahres Leben, wahres Licht

5.1

Wahres Leben, wahres Licht und Fülle der Barmherzigkeit Bin Ich, soweit Mein Wille reicht in Himmelslängen, Himmelstiefen, wunderbare Sicherheiten ewigen Bestehns. Eine Friedenstaube ist Mir das Symbol von Recht und Ordnung, ein Auszug aus den weisesten der Schriften grosser Denker die Lektüre, die Mir den Fortschritt aufzeigt in den Sphären der Geschöpfe, die Mein Anhang sind, Mein Stolz und die Gewissheit durchzukommen mit der Fülle der Ideen Meiner Zucht und Wahl.

Feilsche Ich, so breche Ich dem Wucher das Genick und führe das Geforderte zurück in die gerechte Dimension, die allem zugehört, was Ich in Obhut und Bewusstheit nehme. Kein Jota von zuwenig und zuvielem lass Ich gelten, das der Wankelmütigkeit entspringt der werdenden Gemüter in der Menschheit Chor.

Ich lasse die Sibylle Weisheit lehren, wo Ich kann und wer ihr zuhört und ihr Wort befolgt ist ein gemachter Mann in Meinem Garten und beglückenden Asyl.

Was Mir zu tun bleibt ist ein Pappenstil dem gegenüber, was Ich schon ersonnen und getan, denn Mein äonenlanger Aufbau zeitigt eine Seinsdynamik von dramatischer Beständigkeit, die wallt und wogt und zischt und spriesst und lässt die Funken der Lebendigkeit wie Himmelssterne in den Äther weichen.

So folgt dem Stoss die Wirkung auf dem Fusse und verlangt nach Lenkung, Läuterung und Obhut in der dräuenden Gefahr dem Meisterlichen zu entgleiten, das gekonnt, rasant und ungeniert agierte, um der Schöpferfreude Willen im Allhier.

Ich reisse Mich nicht um gewisse Korrekturen, doch wo sie nötig sind, greif Ich gewieft ins

Gitterwerk der Weltenräder und generiere da Gemächlichkeit und dort Beschleunigung je nach dem Fall und der bedeutungsvollen Friktion, die Ich erspüre. Sauber und gekonnt muss sich der Sinn erfüllen, den Ich in das Weltenepos und die Machbarkeit des Zauberhaften unentwegt hineingepäppelt habe. Wahrlich: Meine Schuldigkeit hab Ich getan. Nun soll die Deine rasch und vehement zum Zuge kommen, dass Meine Prophezeiung sich erfülle: Fruchtbarkeit wird herrschen, Frieden und Verständnis der Gesetze des geschwisterschaftlichen Vollbringens einer Weltentat von grandios gefächerten Dimensionen. Labsal allen Tränen wird geschehn, die Sehnsucht nach Erbarmen und Erwarmen an dem harten Schicksal wird gestillt und eine Freude ohnegleichen wird die Menschenherzlichkeit erfüllen weit und breit im Weltensonnentag, der Meines Geistes Ruhm und Meiner Ehre Zeichen ist im Wunderbaren.

5.2
Gar weit von hier im Land Elysien, glaubst du den Frieden und das Licht der Herrlichkeit zu finden und dabei findest du es nirgends anders als in dir. Denn dein Bewusstsein ist die Stätte deiner Geisteswelt, die du durchwaltest und durchwebst in wunderbar bedeutungsvollen Zügen. Ich weiss, Ich weiss, wirst du Mir sagen und dennoch weisst du nichts, bis dir der Same des Ich Bin, den Ich in deine Seele pflanzte, aufgegangen ist und dich dein wahres Wesen, als in Mir erschauen lässt in des Gotteslichts allheiligem Namen.

Aufs Schwerste eingeschränkt bist du, eh du das wahre Wesen deiner selbst gewahrst und dich darob ein Freudenstrom unendlicher Bekömmlichkeit durchrieselt und durchbebt. Ich Bin, darfst du dir sagen und darfst damit den Zustand reinen Seins vor deiner Seele offenbaren, der dich in Sphären der Unendlichkeit erhebt und dir Gewissheit gibt vom Allerhöchsten in gottseligem Gewahren.

Du kannst es dir solange leisten blind und unbekümmert um dein Innesein durch deine Lebenswelt zu gehn, bis dir die Sehnsucht übermächtig wird nach der Erkenntnis der geheimnisvollen Hintergründe allen Lebens und Bewegens, Liebens, Siegens und Verlorengehns. Bist du, so gehst du eben nimmer dir verloren, weil du dein geistig Teil erkannt hast, als in Mir begründet und in Meinem Sinn getan. Einheit allen Lebens heisst die diesbezügliche Parole, die ein Wortgeplänkel bleibt solange, bis du ihren Stellenwert entziffert und enthüllt hast in der Wonne des gelingenden Elans.

Nun ist alles frei und froh in dir, was vordem festgebunden war. Du bist ein Verklärter von des Gottes Sinnkraft, Zärtlichkeit und Ziel. Weit über deines Sachverstands und Sinnenseins beschränktem Maulwurfgraben flutet dir die Helle Meines Gottestags entgegen und begeistert dich bis in die letzten Fibern deines Daseins im Allhier. Das Treffliche ist dir zum Sinnspruch und Prinzip geworden, das Unerhörte hat sich liebevoll vor deinem Seien aufgetan, dass du gestillt bist und gewappnet und ins Licht geboren der Allherrlichkeit in stetem Wachsein, Würdigsein und Jubilieren.

5.3
Wolken wallen weg und in der Strahlensonne Lichterglänzen Bin Ich Mir der seinsgesegnete Bewahrer einer Geistesfülle ohnegleichen, der sich Mein Bewusstsein feierlich bedient, um das Gesamtkunstwerk des Lebens allweit zu betreiben.

Licht vom Lichte ist Mir hingegeben, Liebeskraft vom Liebeskräftigen erfüllt Mein Sein mit dem Wohllaut reiner Herzlichkeit, der Ich Mich bediene, um Gefangene zu trösten, Verletzten die Barmherzigkeit der Linderung zu erweisen und Verängstigten den Löwenmut der Tapferkeit und Eigenwürde einzuflössen.

Ich halte das Integre hoch und festige das Gute überall, indem Ich Güte spende und das Unbescholtene versende in des Seiens Grossmanier, die Meiner Eigenart anheimgegeben.

Wirkung treibt das Wirkliche an im überragenden Beharrlichsein, das Ich Mir tag und nächtig auferlege. Tatenträchtigkeit und sinngeladne Euphorie des Schaffens an Mir selbst belegen, was Ich will und was Ich kann in Meinen götterherrlichen Dimensionen.

Der Sinn des Freiseins ist die Seligkeit der Seele am Gelingen und Verstehn. Noch längst nicht jeder hat begriffen, dass er ist in Meinem Sein ein Radiant der strahlenden Allherrlichkeit, die Ich Mir immerfort zugute halte. Übung braucht es im dezenten Wachsein und unendliche Geduld in der Wahrhaftigkeit des Selbstvertrauens, bis dich nichts mehr anficht und die Seinsdynamik ihre volle Wucht entfalten kann, das Unerlöste zu erlösen, das Stockende voranzutreiben und mit liebevoller Geste aufzuheitern, was ermattet war.

Ich pflege das Vortreffliche an Meinem Hofe und lade jeden Weltenbürger dazu ein, es Mir und Meinem Anhang gleich zu tun im Leben und Erleben einer Unbeschwertheit sondergleichen, die im Kampfe in sich ruht und in der Glorie des Siegens Gott verehrt, von dem die Himmelssterne ausgegangen und die Lieblichkeit des Weltenseins ein Abbild ist im Guten, Treuen, wie in der Illusion, die es erwirkt für die, die noch nicht fähig sind das Festgewordne zu durchschauen.

Jeder straft sich selbst mit dem, was er verbrochen und jeder ist sein eigen Glück im Wind der Zuversicht, den er um sich verbreitet und der ihn lieb und leis umfächelt in der Glut und Zwitterhaftigkeit der Tage. Bedenke, was du sein willst und erküre dich zum König aller deiner Angelegenheiten, dass dir wird, was dir gehört und dass du dir eratmest, was die Wonne in sich birgt im Leben. Sei bräutlich und gediegen in der tapfern und bedingungslosen Kür, um die die Vielen dich bewundern und mit der der Eine dich begabt in der Parade seiner Prächtigkeiten, die vor seinem inneren Auge abrollt und sich prächtig auch erfüllt in den Dezenien, die sich in den Äonen aneinanderfügen des Zu-Mir-Erwachens-und-in-Mir-Glückseligseins im Sinnkreis der erwartungsvollen Evolution.

5.4
Dass sich da die Leute soviel Plagen ins Gemüte setzen, ist ein wahrer Jammer. Hier bei Mir geziemt es sich nicht, auch nur in Geringstem anzustossen was ins Leere, Nichtige führt, statt in des Lebens Wohlgeraten.
 Natürlichkeit und Lichterlohes Für-das-Ideale-Streiten-Gehn, sind Meinerseits die Werte, die es zu erhalten gilt und die zu Wohlgemutheit, Seelensicherheit und Grazie des Daseins führen. So schicke Ich, was schicklich ist im menschlichen Getriebe und lasse aufblühn, was der Freude und dem Frieden dient landauf, landab in aller Herren Wetterlagen, die da ihren Ausdruck finden, als von Mir ergriffen und begriffen, seinsspontan und wahr.
 Vor Mir selbst erröten müsste Ich, wenn Ich nicht das Geringste edel machen wollte licht und schön.

Es ist der Zauber des Unendlichen, der in die Weiten der Erfüllung wunderbarer Träume Leitvers ist und Angebot für richtiges Benehmen. Schon immer war Ich froh, wenn sich ein paar Beherzte Meiner Segenssprüche frank und frei bedienten, um in die Regionen Meiner Lebenskunst und Gunst hinaufzusteigen und dem Guten seine Güte abzuwimmen hell und klar. Wer in sich die Heiterkeit geboren hat, ist Mir so nah, wie Luft der Lunge, Blut dem Herzen nah ist in des Lebens Aufwall und Enteilen. Ich spasse nicht, wenn Ich hier sage, alles Lächeln macht die Dinge schön, auch wenn sie noch so sehr verfahren sind in der Vertracktheit der Gezeiten. Niemals zu unterschätzen ist die Weihe, die ein gutes Herz und eine wohlgelaunte Minne um sich her verbreiten, denn das Auge lebt von dem, was ihm im guten, wie im schlechten Sinne zuströmt, um das Äusserliche zu verinnern in des Tageslaufs Beginnen und Verwehn.

Ich lebe dir in Liebe vor, was ratsam ist und ist wie Wasser, das den Funken der Rastlosigkeit, Ranküre, Spielsucht und Durchtriebenheit verzischt in kräftigem Begiessen.

Was Ich so benenne, kenn Ich wohl und wirke aus dem Hinterhalt in absolut integrer Weise, was die Dinge leichterdings voranbringt in der Tugendhaftigkeit der Szenen, die Ich impulsiere. Was daraus hervorgeht, ist das reine Glück des Existierens, als in der Wachheit wahren Seinsgefühls, das dir treppauf, treppab Gefährte ist, wenn du's erreichst, es zu erfassen und zu pflegen, wie man Blümchen pflegt im Sommergarten. Wisse das und weide dich am Schimmer der Holdseligkeit, der dir von Mir entgegenkommt auf jenen seinsverklärten Zügen, die da sind und über keine andre Lebensform verfügen.

Sag gracias, indem du gehst und wenn du wiederkommst: Willkommen Meine Sonne, Mein Gottseligsein und Mein geschwisterlicher Tag.

5.5
Was dir zur Herzensfreude wird im Gläserstossen, ist des silberhellen Klingens Wogenei, die sich im Luftraum fortträgt als geheimnisvoll beglückendes Signal. Ja, die Seele ist von jedem lieben Wort geradeso berührt und darf sich von ihm sagen lassen, was sie als in einem Freudenstrom durchrieselt und durchwebt. So ist das Ungesehene zuallererst das, was uns inniglich bewegt und in uns eine Welt erblühen lässt von all so vielgestaltigen Gefühlen.

Sei klug und sorge dafür, dass sie immer heiterer werden, indem du dich der Sorgenlosigkeit ergibst in Mir; denn da bist du aufs Allerzärtlichste und Wohlgemutste aufgehoben. Keine Stunde soll an dir vorübergehen, ohne dass du voll Vertrauen Meiner Gegenwart in dir dich neu versiehst und darob einer unvergleichlich reinen Sicherheit des Daseins inne wirst in wunderbarem Selbstgenügen. So Bin Ich denn dein Hort und heimlicher Gefährte unnachahmlicher Glückseligkeit, die deine Seele trägt ins Sternenklingen im Allhier und sie die Gottesliebe lässt erleben. Eine Weihe strömender Barmherzigkeit am Sein und Singen fasst sie an und macht sie wonnetrunken in der Überschwänglichkeit des Seligkeit-Erlebens.

Solches kann nur in dem Stillesein und in vollendeter Versunkenheit in Mich geschehn. Denn wo die Wirrnisse der äussern Welt zum Schweigen kommen, darf die Innere, wie in der lichten Morgenröte eines neuen Tags, in Seligkeit erwachen und im Frieden der vollendeten Gelöstheit selig ruhn.

So ist es, dass du Mir als dem allmütterlichen Sein aufs Freundlichste und Liebevollste angetraut und anempfohlen bist, damit die Fülle und die Stärke Meines Soseins in dich fliesse. Dein erwartungsvolles Schweigen ehrt dich, derweil Ich deiner Seele, wie der Engel Gabriel der Jungfrau, alle Lieblichkeit der Welt verkünde, um dann weise wissend wieder von ihr wegzugehn.

Welcher Trost vermöchte diesem auch nur im Entferntesten zu gleichen, welches andere Lächeln hellte deiner Seele Landschaft gütevoller auf, denn Mein herzinniges Berühren deines Seins und Wesens, als in Mich gegossen und von Mir geführt zu unnachahmlich lichten Höhn des Seinsfrohlockens, worin die Himmlischen beständig sind und leben. So schmücke dich denn, wie die Bräutlichen, dem heilverheissenden Begegnen zu und überlass dich ganz der Würde, die wie der lautre Sonnstrahl von Mir ausgeht und dich warm und wohlgemut umfängt, um alles, was du Bist, voll Sanftmut zu genesen.

5.6
Vollkommen geführt, vollkommne Sorgenlosigkeit im ätherlichten Blauen. Vom Schattendasein rückst du in den warmen, hellen Sonnenstrahl, von bitterer Seelennot in die Erhabenheit der Seinsverklärten, die weder Weh noch Wehmut kennen in der Glorie des Einsseins mit dem Einen, der Ich Bin, beständig und bewusst in ihnen.

Trägst du dich Mir an, komm Ich dir allsogleich entgegen, sei's in der beglückenden Erkenntnis, dass du Bist, sei's im Erfahren deiner selbst als makelloses Sein und Wesen, dem die Sterne und die Götterboten, die Hierarchien und die hehrsten Schöpferkräfte seinen Wert verleihen. Dir ziemt es, dass du dir im ruhigen Betrachten deiner Situation ein Weltbild schaffst von Auserlesenheit und willensstarkem Handeln, das die Phänomene zeitigt, die die Menschen noch so gerne sich entfalten sehn. Noch spriesst viel Unkraut in dem puren Weizen, den Ich säte. Doch bist du nicht befugt, es auszureissen, eh die Stunde kommt der Ernte dessen, was gewachsen ist im guten oder schlimmen, schwachen oder seinserhabnen Sinn in Meiner Wohlgestimmtheit Überschauen. Du aber sei das Korn, das alles überragt und das der Liebessonne Kraft und Strahlen in sich aufnimmt voll des Dankes und der ruhigen Begeisterung am Leben, die die Fülle schafft und die Gewissheit, dass die Güte des Allmächtigen die schlimmsten Stürme übersteht und jeder hoffnungsvollen Seele Frieden bringt und ruhiges Erwarten des so lang ersehnten Wunderbaren.

Was Ich will, sind Seinsvertrauen, Hingegebenheit und Mut zur endlichen Verwirklichung der Pläne, die dein Herz bewegen als von Mir begründet und berührt, befördert und der strahlenden Vollendung zugeführt.

Ich liebe es, konkret zu sein und allgemach in jedem einzelnen, sich selbst bewussten Wesen, einen Dom der Weisheit aufzubauen, der das Feld der Mühsal weithin überragt und in die Sphären reicht, des Freien-über-sich-Verfügens. Du Bist nur, wenn du Mich bist, will Ich füglich sagen und wenn du in der königlichen Grosstat Meinem Werke zufügst, was Ich will und will aus ihm gebären. Ganz eins und einig mit Mir, will Ich Meine Welten sehn, um sie zur Wachheit und zur Himmelsseligkeit zu führen. Mach dich auf, dich selbst und damit Mich zu finden und gewähre dir das Los der Glücklichen, die Meiner Schöpfung Zierde sind und Ideal.

5.7
Kontrahenten gibt es noch und noch, keinenfalls jedoch in Mir. Niemand, der erfahren hat was es bedeutet, Mich zu sein, wird jemals etwas gegen die Geschöpfe Meiner Fasslichkeit und Unberührtheit unternehmen. Jeder Meiner Schritte ist in ein Umfassendes gebettet, das nicht zulässt, dass die einen von den Wesen andre stören in der Absicht, die Ich ihnen mitgegeben.

5.8
Wachen und Beten: zwei Weltbegriffe, die bis heute ihren Wert und ihre Mustergültigkeit bewiesen haben. Du bist noch lang nicht aufgeweckt genug, o Mensch, in deiner Tüchtigkeit und Relevanz im Pläneschmieden, Silber Horten und Gewinne Einzuheimsen. Denn es geziemt sich für dich und die Entfaltung deines Wesens, dass du aufwachst für das Geistige, das dich umgibt in einem Kosmos von Gedanken und Gefühlen, deren Wirksamkeit du täglich sehen und mit Händen greifen kannst. Ich erlaube Mir, dich darauf hinzuweisen, dass du für die Erkenntnis des Unendlichen, das Ich dir Bin, wie blind bist, generationenlang und musst sie doch zurückgewinnen voll Geduld und Ehrfurcht, herzenstief.

Solang du Mich nicht kennst, vermagst du nicht, dich selber zu erkennen. Doch wenn du weisst, dass Ich in dir des Pudels Kern bin, fällt's dir wie die Binde von den Augen und du staunst Mich in dir selber an in Ehrfurcht und Glückseligkeit als dein Genie und deine Seinsbewusstheit ohnegleichen.

Wie trefflich, tröstlich, lieblich, feierlich und richtungweisend muss es für dich sein, in dir des Seins Erhabenheit und grandiose Schlichtheit, Weisheit und Bedachtsamkeit entdeckt zu haben. Nie wieder wirst du dich danach genieren, wahrhaftige Grösse und Verbindlichkeit zu zeigen, wenn es darum geht, dem Leben an sich zu vertrauen und ihm keine Widersprüchlichkeiten in den Weg zu stellen, den es gehen will im Sinne der Natürlichkeit und der Gottseligkeit und Fülle, die ihm eigen. Du schändest es, wenn du ihm keine Freiheit, keine Hilfe, kein Recht und keine Liebe zugestehst in seiner angebornen Wucht des Wachsens und Bestehns. Ich Bin es, das da will und wuchtet, aufwallt und erwägt. An Mir hängt alles, wie das Finstere der Nacht, sowie der Tag an Meiner Sonne Strahlen. Wisse das und weise dich der Weisheit zu, die dich von Mir beseelt und die dich liebevoll behütet, als von Mir gespendet und in Mir bewahrt zu endlichem Erreichen der Gottseligkeit in Seinsbewusstheit, Wachheit, Ehrfurcht und allherrlichem Begreifen.

5.9
Überfülle in Mangelzeiten Bin Ich Mir, verdopple, wenn die Vielen ihre karge Ration halbieren müssen. Was erträumst du dir von Mir? Bist du fähig, ein Vertrauen aufrecht zu erhalten, das in Schimpf und Schande zu versinken droht vor schreckerfüllten Augen? Da weiss Ich leichthin, dir im allerletzten Augenblick Verhinderung des Übels zu bereiten. Viel Vergnügen, ruf Ich dir von Meiner Warte zu und ziehe dich zugleich hinauf zu Mir in Sphären reinen Glücks und seinsbewussten Wohlbehaltens. Du erkennst, was du dir Bist, indem

du Meines Namens dich versiehst, in welchem Heil und Heiligung und satte Hochgemutheit spriessen.

5.10
Alle, alle sind erwählt, zu Mir zu kommen festlich, bräutlich angezogen, ihre Bürde auf dem Rücken und doch frei in Geisteswürde und herzinnigem Entsagen. Ich schaue weit hinaus und warte, warte, kommen sie, aus Myriaden? Selten Einer, selten Eine lässt sich an, den Zug zu fühlen nach der Mitte aller Äusserungen, nach der Ruhe mitten im Gestürm und nach Befriedung seines Herzens weit über dem Gebrodel ungezählter Angelegenheiten.

Schlägst du dich zu den Erwählten, will Ich fragen, die voll Inbrunst nur den Saum von Meiner Hoheit küssen, um sich dann erstaunt und seelenselig als in Mir zu sehn, im Gleichmass wundervoller Tage, wie im Jubel der Begeisterung am Schöpfungswerk, das sich vor seinen Augen just vollzogen. Denn ein neuer Himmel, eine neue Erde reiner Geistigkeit hat sich vor ihm erhoben aus den Trümmern einer starr gewordnen Welt von Schein und Lug und Trug und überbordenden Illusionen. So heisst es denn: Ich mache alles neu! Und hast du es gesucht und auch gefunden in der Tiefe deiner selbst, eröffnet sich dir eines Universums Pracht und eines Lehrgehalts unendlich meisterliches Fügen. Dich selbst erkennend, kennst du Mich und überlässest deiner Torheit Laborieren Meinem Stil, dich zu verwandeln in ein Wesen makelloser Seinsgefälligkeit, Geduld und Güte, holdseliger Erhabenheit und himmlischer Gelöstheit in des Herzens Sinn und Sagen.

Ich habe es getan, wirst du dir ständig wiederholen. Im Ich Bin, bin Ich das Blut in Seinen Bahnen Mir geworden, bin der sichre Hort, in dem sich freud-

und friedevoll bewahrt und liebreich leben lässt vom Hier in eine Zukunft von Äonen.

Was hab Ich andres denn verlassen, als das Nichts und habe alles Mir dazu gewonnen, was an Weisheit, Wirklichkeit und Ruhm und Ehre, Lauterkeit und Tugend sich gewinnen lässt, als in einem Melos von Beglückung, Fülle, Fabelhaftigkeit, Barmherzigkeit und Trost für alles wogenstarke Sehnen. Ich Bin das Sein, gelingt es dir zu sagen, nach des Aufstiegs steinig steilem Pfad. Ich wärme Mich am heilig heilen Strahl, singt deine Seele, wenn sie sich dem Unermesslichen dahinhingegeben.

Denn in ihm ist aller Seligkeit und Sicherheit Gewähr. Wer immer zählt, darf unbeschwert auf das Unendliche zählen, das ihn und alle Welt umgibt, durchströmt und ihm die Liebe angedeihen lässt, die ihm gebührt als Gabe reiner Huld und als das Gloriosum, das den Tross der leidenden Gemüter aus ägyptscher Knechtschaft in die Freie führt der Seinsbewusstheit und der Wonne seinsbewussten Lebens.

Könne, was Ich kann und kenne, was Ich als erkannt begrüsst und seligmachend und zutiefst beglückend in Mich aufgenommen habe.

5.11
Danke, danke, danke, dass Ich Bin ein Seinsgebild von höchstem Rang und unerschöpflich reichen Himmelsgaben. Meinen Eigenwert erkennend, kenn Ich auch den liebevollen Spender, der Mir solches Ebenmass mit Ihm verhiess. Eine Kluft der Rätselhaftigkeit hat sich geschlossen; namentlich und licht und leicht ist's nun ein lächelndes Hinübergehn in eine Welt des Freiseins und des Friedens, der Makellosigkeit und Würde, wie des

stillenden Betrachtens der Gegebenheiten in der Herzensruh.
 Ewig darf Ich nun das Korn der Freude mahlen, das Ich in der Liebessonne Gottes wachsen sah. Auserlesene Gespräche führend mit den Grossen aller Zeiten Bin Ich Mir des Königtums bewusst, in das Ich freudig eingetreten. Was der Universenschöpfung dient, darf Ich nun freien Sinns befördern nach der Einsicht, die Ich in sie habe, darf die Nöte lindern, die in ihrem Aufwall noch bestehn. Schaffende Vernunft will Ich hier nennen, was Mich allertiefst bewegt und was Gewähr für Fertigkeit, Bewusstheit, Klang und Rang und Namen bietet. Vermählt mit allen guten Gaben der All-Herrlichkeit geruhe Ich in wacher Selbstverständlichkeit ins Sein zu steigen, um den Triumph der Fülle auszukosten, den es liebevoll in Mich und in das Weltenraumgefühl gelegt, das Mich beseelt, begeistert und befähigt, völlig unbeschwert und heiter, engelflügelleicht, wahrhaftig und gelöst zu sein in der Gediegenheit der Geistessphären, deren Inhalt, Eingeborener, Erweckter und Geheiligter Ich Bin mit allen Konsequenzen und Begünstigungen, die Ich darob im Allhier erfahre.
 Nenne Ich den Namen eines majestät'schen Wesens, ist es da und steht Mir Red und Antwort, taucht Mich in sein Fluidum und erhöht Mein Sein um seines in der Wirklichkeit, die hier dem All und allem ist gegeben. Ich nehme teil am Wunder des Erlöstseins und Glückseligseins in vollen Zügen, als Gottheit und zugleich geringster Diener ihrer allumfassenden Gerichtbarkeit und Güte. Erbe Bin Ich ihrer Herrschaft, die von der Unendlichkeit zum Endlichen und wieder ins unendlich Numinose reicht in wunderbarer Einheit mit sich selbst und allem, was in ihr sich regt und richtigstellt, bezaubernd ist und wohlgefällig allem Lebensfrohen

gegenüber. Selber willig wirst du sein den wunderbarsten Zauber auszuüben, der in Seinem Sinne als der lichte Quell entspringt und endet in dem einen, weiten Strome, der bewusst dem Meer des Ewigen entgegenzieht. Dem Mysterium der Unbekümmertheit verfallen, trachte Ich nicht mehr nach irgendwelchen Gütern.

In der wunderbarsten Wesensruh empfange Ich den makelllosen Kuss der Stille und gewähre Mir die Lust zu schweigen, um des Daseins zu geniessen in der Ur-Bescheidenheit und Ungeteiltheit Meiner selbst im Weiselosen. Dem reinen Lichte, das Ich Bin, in absoluter Wachheit, Klarheit, Seinsbegeisterung und Daseinsliebe zugetan, erfülle Ich die Sehnsucht allen Seins nach Heimkehr, Heimlichkeit und Heiligung im Unversehrten, wie im Glanz des Gloriosen, der in Meines Wesens Hülle heimisch ist und mit sich selber Hofrat hält, um glückverheissende Gedanken zu begründen.

Das alles ist nun wahr, seitdem Es sich ins Sein erhoben und sich in der Schwebe hält unendlichen Entzückens, das ihm innewohnt und das sich selber feiert als gerundet und gesundet, auferstanden und ans Himmlische verweht in zarter Gläubigkeit und liebelächelndem Verlangen.

5.12
Qualität erhalten und verwalten ist Mein Ideal in der Geschichte des Bewusstseins, die Ich Mir seit Urbeginn erzähle. Darin heisse Ich Mich selbst willkommen in den Sphären reiner Seinsbeweglichkeit, die unterscheidet des Empfindens Grazie als in sich selbst gegeben von des Wollens Lust, wie von der tatenträchtigen Mixtur der strömenden Gedanken, die das All und darin jedes Menschenhaupt beseelen.

Komme Ich dahin, ein Individuum von dem zu unterrichten, was Ich in ihm Bin und seiend auch betreibe, sieht es sich verwandelt in des Weltenwesens Unergründlichkeit, Potenz, Geschicklichkeit und seelenvolle Lichtheit, deren Zeuge Ich Mir Bin in immerwährender Glückseligkeit und silberhellem Frieden. Mein Lächeln ist der Ausdruck der vollendeten Gelöstheit, Aufgelöstheit und Erkenntnis der Holdseligkeit der himmlischen Struktur, an der Ich all so dominanten Anteil habe. Da geschieht es, dass Mein Sein in einem Phantasienreigen sich ergeht, der sich zu Wirklichkeiten stilisiert von unnachahmlich liebenswerter Schöne. Sie ist geschaffen und erweist sich doch als unverbrüchlich Teil von Meines Wesens allum-fassender Behutsamkeit und Güte, Fabelhaftigkeit und Generosität, in denen Ich Mich köstlich frei und unbeschwert und seinsbewusst erfühle.

Vom Äussersten zur Mitte ist es Mir ein Leichtes, augenblicks zu reisen, weil Ich Mich in einer wunderbaren Bilderhaftigkeit bewege, die alles in sich fasst, was ist und die das Kleinste, ebenso wie das Immense adelt durch Mein Innesein in ihm.

Gerade du darfst dich des Götterfunkens rühmen, der in nie verglimmender Natürlichkeit dein Inneres bewegt, befruchtet und mit einer Geistigkeit von überragendem Genie versieht, die dich befähigt, alles, was du in Mir willst, hervorzubringen und in Redlichkeit und Milde als das Deine zu behüten. Nun seh Ich reine Freude in dir keimen, paradiesische Gefilde vor dem Geistesaug erstehn, das sich dir in Lieb und Treu erschlossen. Eine Wohltat ohnegleichen ist es dir, dich so geführt, gezählt, gewogen und geweiht zu wissen als in einer Seins-Synthese von berückender Erhabenheit und siegessicherem Elan.

Erschlossen und beschlossen ist, was Ich hier sage. Reiche Mir die Hand und du bist Mein. Ich reiche dir die Meine, um in Andacht und Vertrauen dich zu sein in leis verebbender Verwunderung und offenbarem Staunen.

5.13

Die Bedingungen des Friedens sind allein in Mir gegeben und erfüllt, denn in der äussern Weltlichkeit herrscht Unruh, Zank und Ungemach en masse und reichlich unverholen. Innen aber sind Vertrauen, Wahrheit-Schauen, Benediktionen und Beförderungen der Allwesenheit das Tragende, von Mir bereitet und beseelt, verbreitet und dem Lichten, das Ich Bin, anheimgegeben.

Demnach gilt es, Innenschau zu pflegen, um nicht mit dem Blick auf das Verweltlichte mit A und O und lichterloh, gebannt im Wachsen, stehn zu bleiben. dem Ich doch alleweil die Kräfte leihe und herzinniges Verstehn.

Bewahre dich im Reinen, ruf Ich dir in deine Stümperhaftigkeit hinüber und lass Mich walten, wo deinem Lebensschifflein Ungemach und Kentern droht. Ich lass es Land und Leute sehen Meiner Art und Weise, alle Dinge gründlich und gedankenträchtig anzugehn, dass sie im Silberhauche des Unendlichen gedeihn und in ihm Trost und Fürbitt, Fabelhaftigkeit und Minne Gottes finden.

Sag, Ich sitze auf dem Fürstenthron und merk Mir's, wenn Ich Mir befehle, was zu tun sei in den Regionen Meiner selbst, dass sie, von Friedefertigkeit durchzogen, in holdseligem Wohlgeraten stehn.

Ich lenke und bedenke, was in dir vonstatten geht, wenn du nur dein Gehorchen Meinem Willen anvertrauen möchtest und dein flinkes Mundwerk fest verschliessest vor dem liebevollen Seinsgeflüster, das dich unaufhörlich und dezent belehrt in Sachen Geistigkeit und Frommheit gegenüber dem, was Ursprung ist und Ursinn und unendliches Behagen.

Ich trete immer für dich ein, weil es dem Götterrat zutiefst gelegen ist, sein Zeugnis in dir zu erhalten und dem Aufwärtstrend, der dich beseelt, für freie Bahn das Grünlicht vorzugeben.

Bist du wacker, besä' Ich deinen Acker mit dem Korn der Weisheit und Gefälligkeit am Leben, dass es dich nähre als ein Stück von Mir und Meiner himmelszärtlichen Allüre. Weise nicht von dir, was deinem Wesen Wachheit und Beschleunigung, Vertrautheit mit dem Sein und Inbrunst der Gerechtigkeit verleiht, im Gotteslicht besehn.

An dir gewalten, kenn Ich nicht, nur überzeugen. Fein und feierlich ist Mein Idol an Meinen Bürgen in der Welt des Fieberns und der Fülle von Lappalien, die in ihr unverwandt geschehn. Ich hol dich ein und heim in Meinen Hafen des beglückenden Vollendens deiner Reise und verseh dich mit dem Zauber der Allherrlichkeit und Gottes Güte unfehlbar in den erlauchten Sphären Meiner Unschuld und unendlichen Geduld am unermesslichen Geschehn. Ich lasse dich nicht ruhn, bis du dich Meines Anstands in dir freudenvoll erinnerst und die Zügel deiner Ambitionen locker lässest, dass Ich sie ergreife und damit dem Sprung hinüber Stosskraft, Präzision und Folgerichtigkeit verleih in Meinem bravourösen Überragen.

Gefall Ich dir, so wirst du Mir desgleichen bis ins Blut gefallen und es gibt kein Paar, das enger, ernster und erwartungsvoller sich umschliesst als das, was wir uns sind in des Entfaltens Himmelsbogen.

Lass es nun gut sein mit der Euphorie der Sphären, denen Ich verfallen bin und sieh Mich so, als wäre gar nichts vorgefallen, ins Unendliche elysischer Gestilltheit stillvergnügt und sanft entschweben.

5.14
Ich habe nichts dagegen -wie gesagt, da scheiden sich die Geister- mitzumachen, wo es darum geht, die wahre Wirklichkeit zu definieren. Ein seelenloser Abgrund scheint das Schicksalhafte, Bodenständige, Gestaltete und Selbstverwaltete der Dingwelt von derjenigen zu trennen, die sich als die Geistige erkennt und so benennt in voller Kompetenz des Sagens. Bei diesen, die da sind, herrscht Klarheit über beide Wirklichkeiten, weil sie die Unendliche allwie die Sinnenfällige zugleich mit staunenswerter Hellsicht vor sich sehn. Die Weltlichen hingegen müssen sich mit ihrer eignen nur begnügen und bei ihnen hebt ein Spekulieren an, ob es ein Geistig-Göttliches auch wirklich gibt im Unsichtbaren.
Wie äussert sich das Sein zu dieser Fragerei? Es lehrt uns: Ich Bin Es, an jeder Stelle des Erscheinens und beendet so den Streit um Zeit und Ewigkeit; nur, dass es allen Zeitlichen gegeben ist, dem Sein in ihnen auf die Spur zu kommen in der Weltentage Wallen und Vergehn.
Eben dazu will Ich die besorgten, vielbeschäftigten Gemüter führen, dass sie sich beizeiten zur Beschaulichkeit bequemen und in preziöser und erhabener Gestilltheit ihres Seiens Hochgeburt betrachten und dabei erwachen ins Bewusstsein der Allherrlichkeit, die ihnen eigen. So allein entsteht das Wissen um das Eine, das in allem lebt und webt und das schlussendlich alle sind in

wunderbar gepflegter Harmonie und reiner Wonne des Gemüts im All-Gewahren.

5.15 Gebenedeit, wer sich dem Ratschluss Gottes unterzieht, inmitten der Verlockungen der Welt, die soviel Charme und Süsse, Unerschöpflichkeit, Geduld und Überzeugungskraft in ihrem Beutel tragen. Geschwind, geschwind, nur dass es rasch geschieht, bevor Vernunft und Sitte Einhalt dir gebieten als von Mir beschienen und beschieden in des Lebens Zirkular. Selbstzucht, forsches Überwinden und gehöriges Begreifen Meiner Gründe sind vonnöten, um den rechten, graden, spiegelblanken Weg zu gehn, den Ich den Weisen offenbare, lieb und singulär.

Du schluckst und musst gestehn, wie überzeugend Meine Argumente sind, die dich in Trab geradewegs zum Guten halten, das Meine Pläne für dich und den Erdkreis fördert und Selbstbewusstheit, Seinsgehorsam, Siegerfreude, Dankbarkeit und Herzenswonne lässt erblühn.

Wen sollst du fragen, wenn dein kleines Ich dich malträtiert und dir Gelüste vor die Augen zaubert von berückend trautem Klang und fabelhafter Schöne? Mich, der in unbedingter Treue deine wahren Werte zur Erfüllung führen will und damit deinem Leben wahren Sinn, Wahrhaftigkeit und Überzeugungskraft verleiht in wunderbaren Zügen.

Erkenne, dass du Bist ein überirdisch angesetztes Wesen, das, aus Meinem Phantasienschoss geboren, selber Phantasie und Fabelhaftigkeit entwickeln soll. In Meinem Auftrag und Begründen bist du Mir ein gütestrahlendes Juwel der Hoffnung auf Verwirklichung des Ideals, das Ich im Menschentum verborgen und verankert habe. Wende dich ihm zu und du erlangst die Wende in des Lebens Auf und Nieder, Her und Hin. Denn was Ich dir gewähre, wenn du kommst, ist hoch erhaben über jeden Trug und befähigt dich, der Lauterkeit und Seelensicherheit, der Inbrunst reiner Liebe und der Lebenszärtlichkeit ein Freudenlied zu singen. Einmal muss es ja so sein, dass alle Ängste und Verrenkungen, Erschütterungen, alles Leid und alle Wehen schweigen vor der Majestät der Einsicht in dein Wesen, das das Meine ist in wunderwirkender Behutsamkeit und ruhiger Gewissheit, die das Sein um sich verbreitet, dass der Fromme es in Gnaden auch erfährt.

Billige, was billig ist in deiner Seelenlandschaft von berückend reiner Schöne und wandle als ein Sinnverklärter durch die Welt, die dir zu einem Himmelsgarten ist geworden. Sieh und staune, welcher Andacht vor dem Schöpfungsreichtum du dich fähig siehst und wie viel reizendes Entzücken dich beseelt im Seinserkennen, das dir allen Lebens, Liebens und Gestaltens Qualität und Würde offenbart, als von Mir gegeben und geführt, begünstigt und zu allen Himmeln reiner Wonne hochgetragen. Du schwelgst in Freuden, wenn du Mich gewahrst und setzest deinen Fuss auf keine falsche Fährte mehr, sowie du Meine hast gefunden. Dem Ewigen verpflichtet, wandelst du getrost und unbeirrt voran und lebst in immerwährendem Gesunden an dir selbst und an dem Heil und der beseligenden Heiligung, die Ich dir spende.

5.16
Jede Zeile eine Meile auf dem Weg ins paradiesische Gefühl des Weltenschöpferischen, das in der Göttersprache liegt, die Mir zu Eigen. Es

erweisen sich die Wortzusammenhänge, die Ich Mir erschaffe als die Offenbarungen der Geistnatur, die Urgrund ist des Weltenwerdens und Geschehns. Im selben Mass, wie sie sich dem Ich Bin verschreibt, ist es auch Mir gegeben, Mich als das Seiende zu kennen und als es selber zu benennen in der Euphorie des Wissens, was da ist und was sich selber trägt im Unergründlichen.

Was immer Ich Mir vors Gewissen male, ist ein Akt der Innovation und der Befreiung von Gebundenheiten all so, wie der Künstler seinem Block die reizendsten Figuren und Behältnisse von Anmut und Gediegenheit entlockt. Der schöpferische Akt vollzieht sich in sich selbst, von Mir gegeben und zur Seinsvollendung stilisiert. Ich Bin der Zu-Fall, der den Dingen Genialität und Grazie, Vernünftigkeit und Harmonie verleiht, soviel Ich immer will in der Getragenheit der Sphären, die Ich als der Sinn bewohn' und durch Mein Aufblühn in ein Paradies verwandle von begehrenswerter Schönheit und von überragender Bedeutung in den Augen der Bekenner, Könner und Beförderer der Kunst, sich selber darzustellen in dem Werk, das zu erschaffen ihnen aufgegeben.

Die Überzeugung ist das Wichtigste, dass Meine seelenvoll gestalteten Sentenzen Wesenhaftes in sich bergen und damit Wirkungen erzeugen können von enormer Kraft und unerhörter Breite in den sie betrachtenden Gemütern. Denn im Sich- Verändern, ändert sich das Ganze einer Welt von sagenhafter Vielfalt der Gelüste, wie der hochgeborenen Intentionen.

Wolle, was du willst, will Ich dir sagen. Doch wisse, dass es einem Geistigen gehört, das durch dich besser oder minder wird je nach der Qualität, die du geruhst ihm beizufügen. So geschehn die Weltendispositionen im Zusammenwirken der allhöchsten

Sphären mit den Deinen, die am Ende eine Einheit bilden von zutiefst beglückender und liebevoller Harmonie der Wesen, die sich an der Schaffensfreude gütlich tun.
So redest du von dir, indem Ich von Mir rede. So dringst du in die Tiefen deiner Seele, wenn Ich Meine allertiefst und allerliebst ergründe, um die Kenntnis Meiner selbst gehörig zu erweitern und damit der Deinen ein bildhübsches Preziosum beizufügen, dessen Glanz dem Glanz der Sterne ist entnommen und dessen Märchenhaftigkeit dir Glück verheisst von nie verebbendem Bewähren.

5.17
Gemäss der Richtschnur und Bestimmtheit Meines Unterweisens sollst du sicher, unbeschadet und voll Seinsvertrauen durch die schwersten Zeiten gehn. Denn von Mir strömt dich die ewige Fülle an, in der du bist dem Born der Heiterkeit erlesen, wie dem Jubilieren Meiner Himmel, die von Wohlgestimmtheit, Wohlfahrt und Gelöstheit der versammelten Gemüter zeugen.
Hat dein Sinn sich vollends in Mein Reich erhoben, dringt kein Mangel mehr zu seiner Stätte hin, weil sie die Meine ist, mit schöpferischer Phantasie und Heilkraft, wunderbarer Güte und Gerechtigkeit bedacht, die die Verklärten nimmer lässt verzagen.
Ich Bin dir das Idol der ewigen Genügsamkeit am Sein und Leben, das Paternoster der Verbindlichkeit mit allen guten Gaben, die da sind: Gewähr für weiterführendes Gestalten, märchenhaftes Ineinanderklingen der Ereignisse, die dich betreffen, wie die beglückende Erfahrung, dass sich das geduldige Zum-Höchsten- Streben unbedingt und reichlich lohnt im Zeichen Meiner Hemisphäre und Gediegenheit des Unterweisens.

Ich gehöre Mir, allwo Ich dir gehöre. Mein Aufwall in dir kostet dich zwar manche bittre Träne, doch die Herzensfreude folgt ihr auf den Fuss, wenn du erkennst, wofür du so gelitten und gestritten hast im unbedingten Glauben an das wiederkehrende Gerechtsein aller Dinge und Gewalten, Motivationen und Gestalten im Allhier.

Das macht, dass Ich so weise Bin in der wunderwirkenden Entschiedenheit, mit der Ich Meiner Güter Tross gestalte und verwalte, Meiner Sinnkraft freie Bahn verleihe und dem Glänzen Meiner Sterne die Verheissung einer gloriosen Zukunft in den Götterrängen, die Ich für die Meinen generiere.

Aller Auftrieb, jeder Wohllaut reiner Seligkeit und Keuschheit der Gedanken kommt von Mir und ist der strahlenden Unendlichkeit verpflichtet, die Ich Bin und in deren liebevoller Gastlichkeit Ich immerwährend wese. Die Sonne ist das sprechendste Symbol für das Verschwenden reiner Lauterkeit und Liebe, das Ich immerzu betreibe und von dem die Fülle aller Wesen im Allinnersten beglückt, behütet und gestärkt ist für die Wohlfahrt, die Ich ihnen mitten auf den Daseinsweg gegeben.

Nur, dass du Meiner Kräfte dich versiehst und Meiner Gnaden sichtig wirst, soll dir Mein Lehramt nützlich sein in deinen turbulenten Weltentagen. Nur, dass die ewig lichte Bläue Meines Himmels dein Bewusstsein weiten möge bis zur Unermesslichkeit der Sphären, die es wirklich dann bewohnt, wenn sich der Übergang in Meine Gründe wunderbarerweis vollzogen hat in Seelenstille und holdseligem Gewahren. Du schwimmst in Mir, so wie Ich ganz in dir verschwimme in der Wirklichkeit der Geistwelt, deren Zeuge und Bekenner Ich seit Urzeit Bin, im Majestätischen der göttlichen Vernunft und Resolutheit wie Träger und Gesandter ihrer hunderttausend Gnaden.

Nun wähle, was du immer willst. du wirst Mich darin finden und wenn du es durchschaust, so lächelt dir bestimmt und unbedingt das Es entgegen, dem alles hörig und gehörig ist im Erdkreis, wie in der Unendlichkeit der Sphären, die dir Hort sind Heil und Hochburg der Beglückung, des Erhabenseins und der Gestilltheit, die Ich dir unentwegt entbiete. Wahrer Gott vom wahren Gott sollst du dich nennen, sowie Ich dich nach deinem Sein befrage - und sollst nicht zögern, dich vollends an Meine Milde, Gilde, Glorie, Wahrhaftigkeit und Güte zu verlieren. Denn es steht geschrieben: Wahr ist immer wahr und weise immer so in deinen Seelengründen, als von Mir bewirtet und bewohnt und dem Allherrlichen zugeführt und zugefügt, in dem Ich Bin und wese. Erwarte von dir nichts - und alles wird von Mir geduldig auf dich warten. Traue Meiner Liebe und sie wird dich überkommen wie der Morgentau das Silbermäntelchen im Garten, wie die Abendsonne den luziden Rosenhorizont und wie der Herzensfriede, den die Weisen und in Mich Verliebten, die Verklärten und die Seligen des Elysiums im Innersten geniessen.

5.18
Bolzgerade muss der Wandrer durch die Schneestrass eilen, wenn er nicht dem dem Fall verfallen will in baffem Sich-Verwundern. Das macht die Konzentration auf was er tut und was Ich zugleich tue in der Einzigartigkeit des Weltgeschehns, in der Ich alle Wandrer Bin und alle Wachen, alle Schlummerpelze, alle Nagenden und Zagenden und Irrenden und Richtungweisenden in Meiner Daseinsakribie. Hüllst du dich ins Schweigen, Bin Ich dir die Hülle und der Hort der

Seinsgelassenheit, in die du dich begeben. Ich mach dir's schmackhaft, dass du allgemach versinken sollst in Meines Geistmeers schickes Medium von schicksalsträchtigem Bedeuten für dein Aufgerichtetsein als Kämpfer gegen Lässigkeit und Lug und Trug in dir mit allgewaltiger Gebärde, als von Mir befördert und ins Ziel getragen.

Erspare dir das Strampeln um Erfolg und Fusion und Ehre, indem du dich Mir gibst als dem, der aller Schlachten Bummler und Beherrscher ist, Bezwinger und vergnügter Bläser auf des Rolands Olifant, die Feinde schon von weitem in die Flucht zu schlagen. Ganze Heere lass Ich ins Verderben laufen, wenn ihr Marschbefehl dem Bösen dienen soll in der Verstiegenheit der potentanten Volksverführer, Zornigen und Zackigen vor Meinem milden Lächeln im Bewusstsein ihrer Onmacht, Unbeherrschtheit, Abgeschlossenheit und Gottesferne.

Wer Mich kennt, kennt auch die Weiten Meiner grünen Seite, kennt den Zauber der Prärie, wo sich die freien Rosse um die Wette jagen und der Sommerwind ihr Spiel begleitet, heiter, liebevoll und übermütig, wie es immer ihm gefiel.

Willst du ermessen, was es heisst, in Herzensfreiheit, Liebenswürdigkeit, vollkommner Unbeschwertheit, Leichtigkeit und Grazie vor dich hin zu leben, musst du stracks bei Meinen Seinsgelehrten in die Lehre gehn. Was Wunder, wenn du dann derselben Anmut der Gedanken dich befleissen kannst, dieselbe Unbescholtenheit und Sitte in dein Tagwerk legst, wie die von Meiner Kompetenz und Meinem göttlichen Genügen. Es ist die Allerhobenheit, die Mich befähigt als ein Seinsbewanderter zu walten und als Generator einer Wirklichkeit zu wirken, die hoch über deiner Ansicht vom reellen Leben steht.

Ich fasse dich, indem Ich Mich in eins zusammenfasse und Mir selbst Gehorsam abver-lange in der Vielgestaltigkeit der Szenen, die Ich täglich auf der Lebensbühne sich verspielen lasse. Noch allzuoft ist es ein Trauerspiel, das da geboten wird in Meinem hochgebenedeiten Namen, unwürdig Mein Signet zu tragen. Es steht dir gar nicht an, Mein Lied so liederlich zu singen, dass Ich Mir die Ohren stopfen muss vor dem beklagens-werten Deal, den du Mir angetragen. Reinige geschwind, was fleckig wurde und vereine dich dem Lichten, Reinen, das Ich Bin und das noch jeder deiner Strähnen Wohlgeordnetheit, Dezentheit, Reiz und Schicklichkeit verleiht, in der getragnen Übereinkunft mit den Ordnungen der Welt, die Ich voll Kraft in Mir vereine.

Stärke dich, indem du Meiner Stärke dich bedienst und schaue strahlend in die Weiten einer Zukunft von Gelassenheit und Würde, Seinserhobenheit und Seriosität, Sitte und Beschaulichkeit von Meiner Art dem Sein zu frönen und es mit Bescheidenheit und Grazie, Bewusstheit und Glückseligkeit zu krönen.

5.19
In jenen heil'gen Hallen, die man das Jenseits nennt, darf nächtens Meine Seele sich ergehn, um neuer Kräfte Seim zu trinken für den Tag: den Tag der weiterführenden Gedanken wie der Seinswucht der Gefühle, deren Stoss das Innere erschüttert, sei's zur lichten Freude, sei's zum bedauerlichen Unbehagen. Wieviel Trost liegt im Erkennen, dass sich zur Nacht, in einem wunderwirkenden Verschenken, in uns die Erneuerung der Energie vollzieht, die wir zum Sein und Leben unumgänglich brauchen.

Damit mach Ich klar, dass du in immerwährender Verbindung mit der Geistwelt stehst, von der du liesest: Ohne Mich könnt ihr nicht sein und ohne Meinen Antrieb, Pfiff und Mein beständiges Durchschauen deiner Lebenssituation, verlandet und versandete das hehre Spiel von meisterlichem Sinn und ungezählten Gnaden.

Was Ich von dir will, sind Wachheit, guter Wille, sowie Überzeugtheit von der Seinspräsenz, die alles regelt, richtet, neue Werte schafft und altgewordene vernichtet.

Ich trotze allem, was sich auflehnt gegen Meine Forderungen und verneine, was nicht Richtung hat und Ziel. Nur das Hochgeborne und Durchdachte lass Ich gelten in der allgemeinen Geltungssucht, die sich behäbig macht im weltlichen Getriebe. Schau dich selber auch einmal von diesem Winkel an und überlass den Glamour Mir, wenn Ich's denn nötig hätte, überhaupt Mich seiner zu bedienen. Die Redlichen sind wacker, unverdrossen und geschickt noch ohne jedes prahlerisch verschrobene Getue; denn unter Meinem Fittich sind sie leistungsfähig, graziös und schmiegsam im bewussten Handeln, als in Mir. Nachträglich nicht und seelenvoll und munter meistern sie ihr Soll und reinigen das Herz von jedem Groll, der sie noch plagen möchte.

So schätze Ich's, denn das Verzeihen und Befreien ist das Ideal, mit dem Ich alles Menschliche bedenke und zum Guten lenke in der Tradition der Liebeswerke, die Ich seiner Unbeholfenheit gewähre. Es soll sich recken Zoll um Zoll, bis es den Status Meiner Unbestechlichkeit und Liebenswürdigkeit erreicht, in dem Ich seidenweich und voller Güte wese. Denn das Liebliche verliert sich in den Träumen von holdseliger Geselligkeit mit dem Geliebten seiner Wahl und atmet Anmut, Ambiente, Zärtlichkeit und aller Milde Zug durch das Arom des

Lächelns, das Ich ihm gütlich beigegeben. So vollendet sich der Liebe Kreis, wie Ich ihn meine und mit Meinem Strahlenlicht bescheine, reizend, voller Inbrunst der Wahrhaftigkeit, seelenselig, heiter, licht und schön.

5.20
Bevor Ich Mich zur Ruhe lege, muss Ich überwach sein und Mir jeden Trug verbitten in der ewigen Augenwischerei, die Mich am Boden halten will des weltlichen Kalküls. Das gibt's doch nicht, wirst du wohl sagen, etwas Wacheres als wach zu sein; doch da muss Ich dich füglich eines Besseren belehren.

Um dieses Besseren dich zu versichern, sag Ich: Schau Mich an und schau das Überwache in Person, dem alle Himmel offen sind des geistigen Erlebens und Erwägens wie der wohlgerundeten Geschicklichkeit im Fakten-Spinnen, die das Leben durch Jahrtausende gekonnt und sicher weiterdirigiert. Ich Bin der Bauer, dessen Felder strotzen vom begehrenswerten Duft der Fruchtbarkeit und des Erwartens einer Ernte von des unermess'nen Reichtums allerliebstem Namen. Damit stopf Ich alle Münder, die Meiner gierig und geduldig harren in der Myriadenschar der Wesen, die des Genährtseins noch so sehr bedürfen.

Ich schicke ihnen Nahrung, die gezielt und garantiert, erfolgreich und gediegen die Bewusstheit fördert, die ihr Leben mählich in ein Sein verwandelt voller Daseinslust, Prosperität und Biegefestigkeit, so wie sie Mir gegeben und geschenkt ist von des Hirtenstabes Majestät und Gnaden. Es ist kein fauler Zauber, sondern reinste, feinste Zauberhaftigkeit, die Mich dazu bewegt, mit solcher Empathie und Überzeugungskraft von Mir zu reden. Denn Ich wese, wandle und verhandle aus der Glücksposition heraus, die jedem zusteht, der da will und will sie sehnlich sich erwählen.

Unbeugsamer Wille, Offenherzigkeit, Betrachtung in der Stille und geduldiges Erwarten eines wunderbaren Fortschritts sind vonnöten, wenn du Mehrung schaffen willst der Geistesgüter, inmitten derer Ich Mich so bewusst, begeistert, betsam, aufgeräumt und seelenselig fühle. Wohl bekomm's, sollst du dir sagen, wenn du dir ins Fäustchen lächelst ob der süssen Melodei, die Ich dir ins Gewissen träufle und die für immer dein Gemüt verwandelt und mit höchster Sinnkraft, Schöpferfreudigkeit, Brillanz und Regsamkeit versieht.

Du bist Mir hörig so und so und somit tust du besser, sogleich mit dem Hören anzufangen auf Mein Wort, das aller Tugend Seim und aller Jugend Unverwüstlichkeit in sich enthält und dem entzückende Unsterblichkeit und Götterherrlichkeit, Bedachtheit, Wirksamkeit und Schönheit beigegeben.

Ich traure nicht, um was Ich hinter Mir gelassen, denn vor Mir winkt und blinkt ein glorioses Magnum der Geselligkeit mit Götterboten sonder Zahl. In Meiner Sphäre des Bewusstseins gehn sie aus und ein und überzeugen Mich von dem, was sie sich im Äonenschritt durch Generationen von begabtem Ringen, Springen, Singen, Fromm- und Gütigsein erworben haben. Sie sind die Zeugen Meiner Eigensinnigkeit im Pläneschmieden und erstaunlichem Vorhersehn lukrativer Investitionen in die Wohlgefälligkeit des Seins, an denen Ich Mich dankbar, siebenselig und gewissenhaft erlabe.

Die Kombination von Weisheit, Wachheit und Gefühl für's Übersinnliche ist in Mir der wahren Grösse Manifest und trägt wesenhaft zur Würde bei, zu der Ich Mich bewusst und blütenzart erhoben.

Dabei ist das Göttliche, das Ich in Meiner Innheit als das Lebensfeuer flackern, leuchten, Helios spielen und des Himmels Licht erzeugen seh wahrhaftig Meiner Andacht und Bewunderung würdig im beseelten Auferstehn, das Ich da selbst mit Vehemenz betreibe.

Dann endlich darf Ich ruhig und des Seins bewusst vor Mir entschlafen, um einem neuen Schöpfungstag die Weihe einzuläuten, die ihm unbedingt gebührt als in Meinem Rang und Namen - Meiner Grazie, Verbindlichkeit und Liebeswonne hingegeben.

5.21
Ein Meister des Verwandelns und Verhandelns steh Ich dafür ein, deine Position im Feld der Fürsten, Wegelagerer, Verzweifelten, Bekehrten, Bannerträger, Prinzen, Potentanten und Magnaten aufzuwerten durch die Gabe der veredelnden Vernunft. Sie tilgt alle Ängste um Erfolg und gutes Wetter, Umsatz und Gewinste im Erkennen Meines seinslebendigen Selbstgefühls, das alle angestammten Werte haushoch übersteigt und dir die Sicherheit des Absoluten und Unendlichen gewährt. Sieh nur, wie Ich Mich an ihm voll Wonne, gütlich tue als ein Gottbegnadeter, Verklärter und in die All-Einheit eingefügter Wanderer mit der beglückenden Gewissheit von der Gegenwart des Gottesfunkens in des Herzens Gral.

Ich zage nicht, wenn Myriaden vor der Wucht der herrschenden Verwerfungen verzagen und den Kopf im Sand vergraben, um das Übel nicht zu sehn. Dabei gibt es für jene, die in Mir sich fühlen auch nicht das Geringste auszustehn, denn Meine Räume sind mit der erles'nen Pracht des himmlischen Bewusstseins ausgestattet und verlieren sich in ihrer Weite im Unendlichen, in dem die Sterne Götterwohnsitz sind und ihres Strahlens Virtuosität sich in gedankenvollen Häuptern sammelt, freier, genialer Tatenfreudigkeit entgegen.

Wenn du schweigst vor Meines Universums grandios entwickeltem Kalkül und liebevoll behütetem Gewahren, kann Ich dein Freund und Friedensbringer sein, der seine Botschaft reiner Zärtlichkeit am Dasein bis ins letzte stille Stübchen trägt. Dort mag sie sich sowohl dem Ätti auf dem Ofenbänkchen und dem Enkel, selig schlummernd im besorgten Arm der süssen Enkelin, verströmen, ebenso wie allen Abgeklärten, die sich in derselben Art in ihrem Sein geborgen fühlen.

So sollst auch du dich in die Reihe derer stellen, denen nur das Allerhöchste noch genügt und welche weder Unbill, noch Gewitter scheuen, um sich an den Ort der Lebensweisheit und Erfüllung, Seelensicherheit und sakrosankten Würde zu begeben. Dort wird dir wahr, was du schon Bist und dort erkennst du die Wahrhaftigkeit der Sphären Meines Glücks wie deiner Seinsglückseligkeit, von der du nimmer -heil und heiter, lieb und gut geworden- möchtest scheiden.

6
Empor die Herzen

6.1

"Empor die Herzen, wir haben sie beim Herrn", soll die Gemeinde der begeistert Frommen zu Mir rufen, nicht nur Sonntags in der Kathedrale, sondern täglich, stündlich, um das Seinsbewusstsein aufrecht zu erhalten, das die Sinne schärft und das Gefühl der lauteren Glückseligkeit vermittelt in des Herzens heiterer Domäne. Wo du dich Psalmen intonierend an Mich wendest, summe Ich die strömenden Gedanken mit und bewirke damit das Verbindliche, das von dir bis zu den Sternen reicht, die Ich in Liebessehnsucht nach den Meinen mütterlich bewohne. Du wärest bass erstaunt, wenn du gewahrtest mit wie viel Fäden des befördernden Elans, sowie der allumfassenden Besorgtheit Ich dich pflege, mit Erfolg bedenke und geflissentlich zu Mir erhebe in der Sanftmut ewigen Geduldens an der Unbekümmertheit, mit der du säumig bist auf der bedeutungsvollen Wanderung zu Meinen Gütern.

Wie lange wohl willst du den lustigen Kasper spielen auf der Fahrt zur wahren Grösse deines Wesenseins und zum Erkennen dessen, was dein Auftrag ist in dieses Lebens wohlgemessenem Konglomerat von prägenden Ereignissen, die dich befeuern, dienstbar machen, drangsalieren, aufpolieren oder schlicht zutiefst ernüchtern sollen. Immer Bin Ich der gewandte, allzu oft verkannte, Generator der Gediegenheit, der voller Weitsicht, Weisheit, Wohlgewogenheit und Grazie ein Universum in Bewegung hält so meisterlich und mit allmächtigem Begaben.

Ich kontere, wenn du Mir konterst, im bewussten Hinblick auf dein Wohl mit vehementen Stössen, die dir Ehrfurcht vor dem Schicksal impulsieren sollen. Nicht ohne Folgen wendest du dich weg von Mir und noch viel folgenreicher zeigt sich jedes noch so kleine Schrittchen, das du Mir entgegenkommst in deinen Wundern. Denn wahrhaft wunderbar sind deine Wege auf dem Weg zu Mir mit deiner Unerbittlichkeit im Kartenlegen wo du gehst und stehst und mit der Absicht, dich nie mehr zu trennen vom beseligenden Gängelband der Liebe, das dich immer näher zu Mir führt und zum Bewusstsein der All-Einheit, das Ich ständig dir vermehr'.

Du Bist und bist nun in Mein Sein geglitten, wunderbarerweis getröstet und belebt, ermuntert, wach und heiter und bewusst in alle Himmel der Holdseligkeit erhoben.

6.2
Aus Meiner Sicht besteht kein Zweifel daran, dass die Antipoden sich im Sinn der körperhaften Nähe nie berühren werden. Betrachtet man jedoch das Erdenrund als eine Entität so ist, was vordem antipodisch war, erkannt als eines und dasselbe in herzinniger Geschwisterschaft und Nützlichkeit fürs Leben.

Da ist es wohl erlaubt zu sagen, dass das Weltliche an sich und das rein Geistige genau in ihrem Gegensatz verharren werden allsolange, bis sie in der Einheit allen Seins ihr Ziel und die Vereinigung gefunden haben. Wunderbar sind deine Wege, Herr, will Ich da rufen und der Rätselhaftigkeit gedenken, die damit aufs Friedevollste und Erschöpfenste gelöst ist in den Niederungen wie in den Erhabensten der Höhn.

Nur, dass der Menschengeist sich nicht darin versteife, seine naseweise Weltschau als ein Nonplusultra zu betrachten, derweil Ich denn von Meiner Warte aus weit ausgedehntere Ressourcen habe, um das All der Dinge zu erklären. Du meinst, derweil Ich weiss. Du wähnst, derweil Ich Meiner sicher bin auf Bieg und Brechen, auf den Weisheitsstrom der Mich durchschiesst und auf die Fülle der Unendlichkeit, aus der Ich schöpfe, schaffe, Bin und wese.

In deine Augen ist so feiner Sand gestreut, dass du kein Körnchen davon magst erschauen und dennoch bist du blind davon für's Geistige, das in dir wallt und wogt und denkt und brütet, hasst und liebt. Subtiles Stillesein ist dir vonnöten, bis du Meiner Gegenwart, Lebendigkeit und Grazie inne wirst in deinem struben Den-Verstand-Ertragen. In Mir allein ist wahre Seins-Kultur zu finden, was du aus den Werken genialer Künstler lesen kannst, die eben Mich und Meine Genialität begriffen haben.

Gereift sein heisst, dem Stand der Seinsverklärten angehören, heisst im Minikrimsten wie im Maximalsten, im Stillsten wie im gellendsten Gekreische Mich zu finden und zu sehn. Da muss dich wie der Blitz die Einsicht treffen von der eignen Nichtigkeit und zugleich blitzt dir die Erkenntnis auf von Meinem Innesein in dir, das alles läutert, was du Bist und warm und weich, geschmeidig, liebevoll und göttlich macht, was dich als dein wahres Sein beseelt in deinen Lebensrunden.

Wo sind da Kummer, Ängste, Sorgen noch geblieben, wenn die Sonne Meiner Gegenwart an deinem Horizonte aufgegangen ist und dir Meine Sterne am unendlichen Gewölbe majestätisch ins Gewissen strahlen. Du bist in Mich und Meinen Anhang eingefügt wie der Kristall in eines Rings Bewahren, bist dem erlesen, der dich nimmermehr betrügt in deines wunderbaren Seins Gewahren. Von Mir hast du als Seinsgeschenk das Erbe der Unsterblichkeit bekommen und darfst dich als ein Göttersohn betrachten, hoch und her, und hast du diese Sicht von dir gewonnen, verzagst du vor dir selber nimmermehr. Ich Bin dir alles, was du je gewesen, Bin deine Heimat und dein Hort; derweil du seliglich an Mir genesen, trag Ich dich flugs in Meine Himmel fort; wo dich Glückseligkeiten aller Arten, in wundertätig sanfter Harmonie, aufs Liebenswürdigste erwarten, in Meines Wesenseins begeisterndem Genie.

6.3
Ei der Tausend, was führt dich denn dazu zu glauben, dass dein Menschenbruder tot sei, wenn er seine Glieder nicht mehr recken, strecken und mit seinem Häuptlein nicken kann. Sein Äusseres war ihm ja lediglich Staffage, mit deren Hilfe er an allem rupfen, zupfen, zerren und bedachtsam laborieren konnte was er der Beachtung Wert erachtete in seinen turbulenten Weltentagen. Nun aber ist er heimgegangen, wie man von denen sagt, die nicht mehr gehen können. Wie in aller Welt versteht sich das?

Es steht dir eben zu, zu lernen, dass auch etwas, das du nicht mit Augen sehen kannst, ein Wirkliches, Lebendiges, Sich-selbst-Bewusstes sein kann im berühmten Reich des Übersinnlichen, in dem du dich bewegst und regst, so wie die Fische sich in ihrer See bewegen. So wird dir mählich der Begriff Unsterblichkeit zu dem, was dir das Phänomen des Fortbestehns des Seinsbewusstseins ins Gewissen legt. Nicht dein Verstand, nur dein herzinniges Erkennen kann dies Rätselhafte auch begreifen. Doch wenn du's verstehst, eröffnet sich dir eine grandiose Welt von Kräften, Mächten, Individuen, Hierarchien, überragenden Intelligenzen und Geselligkeiten, die sich quicklebendig fühlen und sich miteinander unterhalten höchst gedankenvoll und weise, unendlich weiser denn als Menschenkindliche am Telefon. Warum denn lohnt es sich, im Hier die Jenseitsdinge gründlich zu betrachten? Wenn du's jetzt nicht tust, so wird dir nach dem eigenen Hinübergang das Seelenauge fehlen, das dich durch die neue Wirklichkeit geleiten kann; du wirst dich als ein Blindgebor'ner vorwärtstappen müssen, wo du gehst und stehst. Das kann Ich dir versichern lieb und gütig und wahrhaftig im Durchschauen, wie die Dinge in der Geistwelt wirklich liegen.

Alles, was Ich sage, ist schliesslich ein Produkt der geistesabenteuerlichen Regsamkeit, die Ich mit Vehemenz und Lust betreibe, um Meiner Existenz den Glamour der Bekömmlichkeit und Schöpferfreude zu verleihen, die ihnen zweifellos gebührt.

Tatendrang, Empfindsamkeit und Überlegtheit sind des Geistseins Qualitäten, die mit ihrem Rang und Namen unerschütterlich im Weltbau stehn und lenkend und befehlend, überzeugend und ermunternd in ihn greifen.

So lebt was lebt in immerwährendem Gedulden an sich selbst und so ist es Mein Wille, in dem All der Dinge fortzuleben, als das Agens der Geschichtlichkeit und Menschlichkeit, der kreisenden Planeten, wie der seinslebendigen Sternenpracht, die allem nicht nur Zierde, sondern tätiges Verströmen ist von Kraft und Minne, Schöpferweisheit, Tugend und Besonnenheit und schliesslich der von Mir begründeten und himmelhoch gezogenen Holdseligkeit Elysiens.

6.4
Ewiger Ruhe Seinsbefinden lächelt dir in Mir und Meines Wesens überragender Beschaulichkeit entgegen. Ich trete auf in vieler Hinsicht als der König

der Natürlichkeit und Bin doch immer in Mich selbst, als in die Sphäre absoluter Unbeschwertheit, sonnenklar gerundeter Bewusstheit, Seinsvertrautheit und Holdseligkeit zurückgezogen. Feinheit, selbstbetrachtende Genügsamkeit und unerschöpfliche Gedankenfrische sind Mein Götterstil, den Ich Mir im Richtmass der Äonen zugeeignet habe.

In jedem Zustand Meiner Seinsparabel hab Ich Mir ein Wohl von auserlesner Zartheit angesetzt und anbefohlen. Als das Manifest der Himmelsgüte Bin Ich Mir bekannt und als der Träger unermesslicher Geschicklichkeit im Pläneschmieden, raschen Handeln, Übersicht behalten und den Lebensdingen ihren Lauf und ihre Eigenwilligkeit gewähren.

Alles glänzt in golddurchschimmerter Bestimmtheit was Ich an Mir habe und was Eigenschaft bedeutet, innewohnendes Gerechtsein an Mir selbst und Qualität in jeder Hinsicht, die Mein Tätigsein begründet und die Wirkung Meiner Interventionen ins Unendliche erhöht. Ich bestimme über Mich in einer Nonchalance und liebenswerten Lässigkeit, die ihresgleichen sucht und sage ja zu allem was Mir einfällt, in die Tat und das Getriebe und Geschiebe einer Wirklichkeit und eines Melos von unendlichem Bedeuten umzusetzen. Alles liegt vor Mir in einer Seinskultur, die, bis ins Allerfeinste ausgefeilt und ziseliert, in ihrer Gänze, Pracht, Prägnanz und Grazie brilliert und Meinen Schöpferkräften Anreiz ist, noch mehr, noch Schöneres und Gründlicher's zu schaffen in bewusster Allegrie und gnadenvollem Meine-Werkschau-mit-Genie,-Bekömmlichkeit,-Bewusstheit-und-tiefinniger-Besonnenheit-Begaben.

Nun werte du, wes Wert du dir schlussendlich zugestehen willst, als in Mir seiend, Meine Sucht und Wucht ertragend und Mein zärtliches Geflüster offenbar. In die Mitte Meiner selbst bist du genommen, ohne jeden Abstrich und mit derselben Vehemenz, mit der Ich alle Meine Sterne in die Mitte nehme Meiner Seinspräsenz und Meiner alldurchschauenden Gewähr, mit der Ich Meines Lichtreichs Sagenhaftigkeit regiere. Meiner Nähe bist du nah seit Ewigkeiten und das erklärt dir die Momente lodernden Frohlockens, die dein Gemüt in der Erkenntnis deines wahren Seins beseelen. Du Bist und bist von Mir ins Sein getrieben und bist doch immer nur in Mir geblieben, als Geheiligter, Gestillter und glückseliger Gefährte der Unendlichkeit, der Herzenslabsal, wie des seelenseligen Entzückens an dir selbst in Meinem liebeszärtlichen und wunderbar gesättigten Umfangen.

6.5
Als Bürger zweier Welten trau Ich Mich ernstlich und gewissenhaft zu fragen, wie es möglich wäre, über Mich hinauszugehn? Da muss denn ein gewisses Etwas in Mir fein säuberlich erkennen, was da ist die Front und Spitze allen Existierens und Taktierens in der wunderlichen Unbekümmertheit, mit der die Lebensgeister an den Hebeln des Gewaltens ziehn. Doch hüt' Ich Mich dabei, der Obhut eines Höchsten zu entgleiten, das in Seiner Wissenschaft die Meine haushoch übersteigt und dem Ich trotzdem im intimsten Sinne als in einer Bruderschaft auf Zeit und Ewigkeit verbindlich angehöre. Blindgewordnen Auges seh Ich unvermittelt was Mir blüht und trage es ins Logbuch Meines Hoffens ein, um es mit dem Erfüllen zu vergleichen, das Mir von Fall zu Fall erspriesslicher geschieht.
  Schlussendlich hat es sich erwiesen, dass Meine Sicht der Dinge in beglückenden Momenten mit der

Sicht des Allerhöchsten glatt zusammenfällt, indem Ich Mir das Allerhöchste Bin und werde.

6.6
Im Stand der Gnade leuchtet dir Mein Sein als ein geheimnisvoller Silberhauch entgegen. Gelabt, gestärkt und gutgeheissen bist du von ihm im Geschick der Tage, wie im unerschöpflichen Befrieden des Urewigen, das dir geschieht im Seins-Umfangen. So wird aus Finsternissen lichtes Blauen, aus erstarrtem Sinn Geschmeidigkeit und Sorgenlosigkeit des Überlegens und aus Unbehaglichkeit vollendetes Geborgensein in Mir.

Manchem ist schon aufgefallen, wie gelöst, erlöst, geduldig und erhaben du daherkommst in der Welt der klimpernden Dukaten, rasenden Beschuldigungen, Widersprüchlichkeiten, Ängste und Blamagen. Ich mache dich nicht so, doch halt Ich dich an Meiner langen Leine, um dir die Gelegenheit zu geben, treuen Sinns einherzugehn und Meinem Anspruch trefflich zu genügen aus selbstgeschaffnem Antrieb und mit voller Einsicht in die genialen Seinsstrukturen, die Ich Mir spielerisch, gezielt und wesenhaft erschuf.

Wie kannst du dich vermessen, ohne Mich auch nur das kleine Fingerchen zu rühren oder gar mit Händen voller stolzer Pläne durch die Welt der Illusionen, Lustbarkeiten, Occasionen und Bedürfnisse zu traben. Nichts geschieht und ohne dass Ich dir galant und hilfreich wäre, deine Kraft beseelte und dein Herz mit liebevoller Zartheit füllte, dass es an dem Weh der Welt besorgten Anteil nehme, um zu lindern, wo die Träne fliesst und Verständnis aufzubringen, wo die Schwachheit in die Fehlerfalle tappt und das Verhängnisvolle kosten muss, das daraus unerbittlich und brutal ersteht.

Lass dich nie gehn, damit du nimmer übergangen wirst von der Gewalt der klargesichtigen Entscheidungen, die über deinem Wohl und Wehe, wie auch jenem vieler anderer getroffen werden. Noch immer trägt den Tüchtigen die Woge des Geschehns geflissentlich voran und lässt ihn an Gestaden der holdseligsten Gewinste und Genügsamkeiten landen. Wenn du dann schwärmst, so schwärme bitte nur von Mir, der in dir alles hat gewoben und gewogen, aufgeschichtet und schlussendlich auch getan. Allein auf dich gestellt, wärst du sogleich dem Liederlichen, Selbstgefälligen und Lächerlichen preisgegeben. Schau an die Vielen, die sich selber ad absurdum führen, weil sie die Gesetze der Moral missachten und selbstische Behäbigkeit der wieselschlanken Poesie von Meiner Art und Weise vorziehn in des Lebens Soll und Haben, Tauglichkeit und Jammermeer.

Von Mir kannst du nicht das geringste Unanständige, Bedenkliche und Lässige sagen. Mein Rapport weist keine roten Ziffern auf, ob denen Fürio gerufen werden muss und unter vehementem Paukenschlagen. Ich Bin die Ruhe selbst in Meinem Disponieren, Harmonieren, feine Striche ziehn und auch robuste Balken legen, die kündigen wo's langgeht und stoppen, wo gefährlich übertrieben wird im Karussell der Wünsche und Begehrlichkeiten.

Tue niemals so, als ob du Kenntnis davon hättest, wie das Allmenschliche sich zu verhalten habe. Ich allein bin Kenner, Künstler, Knappe, König, Kaiser und vor allem Priester im Talar, der sich auf das Sein bezieht, das Ich in allem aufgebaut und eingerichtet habe.

Nun denn, wenn du geziemend überlegst und meditierst, erlebst du mählich was da vorgeht:

innen, aussen, in der Welt der Dinge und der Geistigkeiten, die da sind und prachtvoll dominieren. Denn sie sind Meine allererste und allüberall verbreitete Parole, die gehört, gefunden und gelebt, begriffen und ergriffen werden muss, damit sich in den Seelen Seligkeit verbreitet und die Gemüter Einsicht haben in das Unergründliche, Elysische, Harmonische und Seinsglückselige, das Ich den Verklärten, Zärtlichen und Wissenden bereitet habe.

Komm und sieh dich an und sage Mir, ob du Mich siehst und wenn es so ist, bist du schon für alle Ewigkeit genesen.

6.7
Gotteswillentlich enthebt die Seele sich vom Leib im nächtigen Schlafe, kleiner Tod genannt, um alles, was sie durch den Tag erlebte, in Bildgestalt der Geistwelt zuzuhalten. Damit wird sie frei und offen, Neues zu erleben in den Räumen ihres Wesens, ungestaltig, geistgewaltig, lastend, hebend, licht und schön.

Alles ist Gedanke und Bewusstheit und Erinnern und Vergessen, was in dir sich abspielt Tag für Tag. In tausend Nächten leben Sorgsamkeiten, Duldungen, Beglückungen und wogende Affären in einem nie verebbenden, brisanten Variationenspiel.

Du stockst, wenn deine Finger sich verbrennen und rennst und rennst, wenn du vermeinst, an einem neuen Ort ein neues Glück zu finden, einen Vorteil, ein Geplänkel oder auch nur die erwiesne Wohltat eines Sonnenstrahls.

Stell dir nun vor, dass es für dich und deinesgleichen früher oder später ein Erwachen gibt auf neue Art in dem Bewusstsein, dass du Bist. Das heisst, dass du dich alles Zeitlichen entledigst und

das Unsterbliche dir winkt und blinkt und aufersteht an deinem Horizonte, dass du wie verklärt in Andacht und Gelassenheit versinkst in demutsvollem Schweigen. Die Einsicht in dein Sein hat dich ergriffen, das dein Ein und Alles ist und zugleich Weltensein bedeutet, als von Mir erfunden und empfunden und veräussert und gewandt in dich verströmt.
Wenn wir uns wiederfinden froh und tüchtig und beschwingt in der Allgegenwart der Göttersphären, gibt es keine Reste mehr. Alles ist gefunden und errungen, ausgekostet und behutsam ins Gemach der Seligkeit geführt am Sein und Weben, Wunderbares-Glück-Erleben und der Einheit Zeuge sein im bewussten Allumfangen als in Mir.

6.8
Richtig Landen ist soviel wie könnerisches Fliegen in der Aviatik, allgemein gesehn. Das Besondre aber lässt sich so bezeichnen: Bin Ich einer Fliege zierliches Gebilde, stellt sich Mir die Frage, wie es möglich sei, Mich punktgenau an jede von Mir ausgewählte Stelle hinzusetzen, sei's ein Apfel, eine Fensterscheibe, oder gar die blanke, weisse Decke, auf der zu landen und Mich festzuhalten ein bewundernswertes Kunststück ist in Meinem Kabinett der fliegerischen Kostbarkeiten.
  Einer Fliege ist sehr wenig Lernzeit in ihr Leben mitgegeben und dennoch ist, was sie dir demonstriert so genial, wie's eben nur die Geisteskraft zu sein vermag, die in ihr wirkt und ihr dazu verhilft, ihr kurzes Leben in der Welt zu fristen und sich auf eine Weise zu ernähren, die die in ihrer wunderlichen Weisheit schicken Menschen gar nicht schicklich finden.

Wenn sie, die Krönlein Meines Schöpferstils, nur etwas minder selbstgefällig wären, ginge ihnen bald ein Lichtlein auf von einem sensitiven Disponieren, das sich in ihrem Innern regt und alle Wässerchen und Lüftchen, Säftchen und Impulse willentlich zu einer Symphonie der strahlenden Lebendigkeit zusammenführt und ohne dass das Menschlein dazu auch nur einen Finger rühren muss ein Lebelang in seinem Sich-an-alles-unbedacht-Gewöhnen. Die Wissenschaft beeilt sich, alles Rätselhafte wie am Schnürchen zu erklären. Doch Mich erklärt sie nicht und kann es auch nicht tun, der Ich als Träger, Former und Beleber aller Dinge und Gewalten fein säuberlich dahinter steh in einer Nonchalance und Grazie ohnegleichen und mit einem allumfassenden Bewusstsein, in das gottseidank die Wägsten und Verständigsten allmählich hell begeistert und glückselig tauchen.

So gibt es eben vieles - nicht von hier und doch hier wirksam wie der Strom in der Maschine, das Licht auf einer Farbpalette, der Geistesblitz in eines Dichters Drang und Resumee. Ob du Mich staunend siehst in all den Dingen, die nicht aus sich selbst erklärbar sind, ist hier zu fragen? Ob du einsiehst, dass das alles aus dem Sternenweltraum kommen muss als ein unendlich feines Götterstrahlen, das den Dingen ihren Schmelz, ihr Sein und ihre wunderbare Ebenmässigkeit verleiht, wenn wir sie in der strahlenden Vollendung ihrer Ruh betrachten als von Mir geschaffen und gezählt, zum Sein erwählt und Meiner himmlischen Genügsamkeit erlesen? Ja, Ich bin's, der allem seine Würde gibt und Stärke, sein Sinken und sein Auferstehn in Meine Sphären des beglückten Seinsvollendens und der Schau, die alles Weltliche verklärt und es zum Himmlischen gesellt in der Erkenntnis des alleinen, liebevoll und zärtlich, meisterlich und feierlich, gekonnt und genial gespielten Götterspiels.

6.9
Empfanget was euch nicht gehört und sendet aus des Gottes Licht und Strahlen, auf dass sie euch gehören und sich das Wort erfülle: Ich Bin bei euch an jedem Tag, den ihr erlebt, wohin ihr geht und wo ihr steht, wo soll es euch noch fehlen? Nur dass ihr es erkennet und Ich Mich selbst in euch erkenne, wird die grosse Losung sein, das Fest der Einheit aller Dinge und Gewalten und der Tag des Heils für dich und Mich in der Glückseligkeit des Liebeshimmels, worein Ich Mich in eurem Drang und eurer Ebenbildlichkeit entführe.

Was gibt es besseres für dich, als in des Lebens Wogenei und Wallfahrt, Hitze und Gelassenheit den Status des Unendlichen zu erreichen, das Ich Bin und das ihr seid in Meinem Zirkel und Befinden, Meinem Aufbruch und Beruhn.

So ist denn alles gut, was Meinem Namen Audienz gewährt und sich Meiner Gegenwart bedient, um mehr zu sein, als es sich selber denken könnte und Freudigeres zu erleben in seinem Seinsbewusstsein und Gehalt als je zuvor.

Im Zeichen Meiner Huld und Helle, Immanenz und Klare, Liebenswürdigkeit und Majestät ist alles in dir wohlerwogen und gezählt, gewappnet und zum Licht erhoben, das Ich Bin und das der Fülle deiner Angelegenheiten Schwung verleiht und Grazie des Himmels, Wohlgelingen und Genie von Meiner Provenienz und Güte, Meinem Hauch und wunderbar gesättigten Besagen.

Ich schmücke dich mit dem Emblem der Gottesfürchtigkeit und Wachheit, die du dir errungen, wenn du Meiner dich versiehst und Meines Wohlklangs

Melodie in dir lässt walten. Meisterschaft im Singen, Klingen und Verbreiten wunderbar erhabener Gedanken will Ich dir verleihen in der Nacht der Sinne wie im Morgentauen Meines Aufstiegs im Bewusstsein, das du dir errungen.

Ich mache alles neu, will für dich heissen, dass dein Weltempfinden sich verklärt, sowie du Mich in dir gefunden und Gewissheit dich beseelt von Meiner Gegenwart in deinen Runden, deinem Herzgesunden und Frohlocken, als von Mir bereitet und für dich erwählt.

So lass denn gut sein was die Güte selber ist in deiner Lebensmelodie und sieh dich in die Leichte, Heiterkeit, Genügsamkeit und Auserlesenheit Elysiens erhoben.

6.10
Ich bitte dich, erbitte doch von Mir das, was Ich allen Bittenden vergebe: Ein Haupt voll blütenstrahlendem Bewusstsein von dir selbst und von dem Wesen, das du Bist in Schnörkellosigkeit und Treue zu den Sternensphären, die es willentlich und wissentlich erschufen. Ich feiere mit, will Ich dir sagen, wenn du tapfer und gedankenfroh das Fest der Himmelfahrt im Zauber der Unendlichkeit begehst, zu dem Ich dich voll Güte auserlesen.

Sieh doch, der Taumel ist nicht ewig, den du hier erduldest. Deine Füsse gehn nicht unnütz wund, um Mich zu finden, der Ich in dir Bin in unverbrüchlichem Gedulden, bis du's inne wirst in Meinem liebevollen Offenbaren. Es sei dir nicht verschwiegen, dass Mein Metier das der Weltenschaffenden Gehörigkeit und Lebensstärke ist in dir, denn Mein bewusstes Mich-Verstrahlen zeitigt wunderbare Resonanz, als in dem Felde der Geehrten und Verklärten, der Versucher und

Versuchten, der Seins-Gewissen, wie der jovialen Wandrer im Gemüsegarten der Vergänglichkeiten ohne Richt und Ziel.

Ich erwarte von dir, dass du endlich in dich gehst, um die vielen Zwittrigkeiten zu entlarven, die dich von Mir weg ins Jenseits der Vernunft und Sitte dirigieren. Ich brauche dich, um Meinen Reichtum an Ideen zu verwirklichen, die auf Vermenschlichung in deinem Reich der Tausend Wenn und Aber zielen, wo es darum geht ein Neues aufzurichten in der Zeitennot.

Ich Bin und Bin und Bin und gewinne immer noch dazu im weisen Aneinanderfügen aller Dinge, die Ich Mir im Zeitlichen und Ewigen erschuf.

Folge Meinen Spuren, dass du wieder selig wirst, Mein weltverlorner Menschensohn, im Aufwall der Vergnüglichkeiten und Probleme, die sich dir im Nu ergeben. Immer mein' Ich dich, wenn Ich in klaren Nächten vehement nach einem Würdigen rufe, der Mich vertritt im sagenhaften Weltenwürfelspiel, das Ich in ewig ungebrochner Virtuosität betreibe.

6.11
Geprüft, gerecht befunden und dem Unendlichen verbunden, bist du in der Glorie deiner Tage, Weiten und Verbindlichkeiten, die dir eigen, als von Mir. Sei wach und bete über ihnen, Meinem Rat und Ruf gemäss, damit sie deiner Obhut nicht entgleiten und dir Kümmernis bereiten. Mut brauchst du und Tatkraft um der majestätischen Gebärde willen, die Ich zu vollbringen dir befehle, damit du würdig neben Mir und in Mir stehen, walten und gewalten kannst in Meinem, deinem und der Welten Zuge, deren Träger und Bewahrer und Beförderer wir sind in unerschöpflich reichen Massen.

Präge dir das Götterwort gebührend ein, dass du Erkennen deiner selbst zu leisten hast in der Kunst des Forschens nach der Quelle, die dein Sein begründete und ihm Gestalt und Grazie, Gewissenhaftigkeit und strahlende Beständigkeit vergab. Es ist Mein Wall und Fluten, dem du dich verdankst und dem Ich Mich verdanke in der überwältigenden Schau von eignen Gnaden, die Ich Mir zum Gegenstand der Herzensfreude auserwählt.

Auftritt vor Mir selbst ist jedes wackre Keimen, Wachsen und sich Meinem Wonnesein vereinen, dem Ich lauschend fröne, seinslebendig, licht und wahr.

Von den Höhen zu den Höhen wirst du dich erheben im Glanze Meines Angesichts und deiner Angelegenheiten im Allhier. Da reifen Früchte dir, die du nicht selbst gesät, als liebevoll von Mir vergeben und warmer Winde Zärtlichkeit berührt dich sanft im Überwehn, aus Meiner Lebenskraft geboren.

Ich spiele dir im Wortverspielen Melodien zu von namenloser Süsse und Erlesenheit im Rauschen Meiner Huld und Schuldigkeit dir gegenüber. Denn was dich froh macht, tut es Mir desgleichen an und was dir fabulierend Zeit und Ewigkeit vertreibt, ist Meines Mich-Verströmens Gruss und gnadenvolles Leuchten.

Ich willige und billige dir zu, dass du dich Meines Inneseins in dir erinnerst und darob in fabelhaften Tönen das besingst, was dich wie nichts bewegt und was dein Herzblut jauchzen lässt im unermesslichen Sich-Mir-Versöhnen.

Deine Stelle trittst du an exakt und akkurat zu Meinen Füssen, damit Ich dich in Meiner Näh gewahre und den Einfluss geltend machen kann, der dir gebührt als Wesen der Allherrlichkeit und des

Verkündens Meiner Wahrheit und Wahrhaftigkeit in unverwechselbarem Stil.

Barhaupt und bescheiden sollst du dich bei Mir um das verwenden, wessen du Bedarf verspürst und was dir auch gebührt als Licht vom Lichte, Sein vom Sein und wahres Abbild der All-Wirklichkeit, in der Ich Bin und wese.

Getrost und ewig heiter darfst du in der Mitte Meiner Obhut stehn, darfst deiner reinen Unbeschwertheit Zeuge sein und dich ermitteln als der Inbegriff des Wahren, Guten, Schönen, das Ich dir in Liebe und Gefälligkeit verleih, um Meinem Wohl das deine gleichzusetzen in der Zeiten trautem Sich-Bewegen.

Begreife Meiner Wachheit Ordnung und Geschehn und du wirst selber Vollbewusstheit, Güte und Geordnetheit in dein Verhalten und Verwalten bringen. Es weht dich von Mir ein ereignisvoller Hauch von Klargesichtigkeit und Starkmut an, um dich zur Tatkraft und zum Schaffen ungezählter Wunderwerke und Geschehnisse zu stimulieren.

Du reisest durch das All in Mir und bist dir selber alles, was du nur erfassen kannst in deinen Wundern, Welten und Verwirklichungen, deren Teil du bist und als deren Ganzheit Ich Mich präsentiere. Schau dich um in Meiner Grösse und gestatte dir, daselbst genau so gross zu sein, wo du dir bist das allgewaltige und gütestrahlende Bewusstsein, das den Universen Vorlauf gibt, Vollendung und Gebieten, Weichheit des Empfindens und Gediegenheit des wissenschaftlichen Belehrens, das Erleuchtung bringt, Erhabenheit und glückumflutetes Befinden in den Sphären Meines götterlichten Strahlens und Vergehns.

6.12
Meine beste Seite zeig Ich dir, indem Ich Meines Unterweisens Sagenhaftigkeit voll Sinn und Glanz und glorioser Mustergültigkeit noch wesentlich vermehre. In ruhiger Gewissheit offenbare Ich Mein Sosein als im Ewigen beschlossen und in es gegossen wunderbaren Einsprungs, lichtvoll, lauter und erhaben. Ich bezeuge, dass da ist, was Ich erlebe und berufe Mich auf einer Geistwelt folgerichtiges Bescheren, das in seiner Reinheit und Gedankenträchtigkeit, mimosenzärtlichen Empfindsamkeit, sowie dem Donnerrollen seines Wollens siegestoll und majestätisch dasteht als das A und Amen der Geschichte, ehern und gewaltiger als der berühmte Bronceriese über Rhodos' Tor.

Ich brauche nicht mit einem Augenlid zu winken, um Mich dir bemerkbar und beliebt zu machen, weil Mein Geistruf alles Weltliche Getue vielfach übertönt, wenn Ich ihn durch das Universensein mit Elementenwucht erschallen lasse. Mit welcher Glut und Glorie Ich Mich am Himmel Meines Geisterreichs verstrahle, magst du ermessen, wenn du zum Weltensonnenstrahl dich wendest, seinsbewusst und loyal.

Meine Botschaft ist der sakrosankten und sakralen Wirklichkeit entzogen, in der Ich Mich galant, glückselig und erwiesnermassen unbeschwert erfühle. Keine Hemmnis ragt in Mich hinein und aller Tröstung liebevolles Mich-Bedenken strömt von Meiner Mitte in die Räume der Allmenschlichkeit zu ihrem Heil und zur Begütung ihrer Sitten in des Lebens Dichtung und Falaria.

Gekonnt und konstruktiv greif Ich ins Räderwerk der Welten, zu deren Sang und Klang Ich wunderbarerweis den Meinen füge. Denn es steht geschrieben: Einig sollt ihr sein und einig mit dem Gott der Freundlichkeit und Stärke, Liebenswürdigkeit und Macht des Überweltlichen und Überwältigenden, das da ist und alles Seiende und Brünstige und noch so Seinsvernünftige vor Seinem Antlitz lässt zu einem Nichts vergluten. Dessen Bin Ich ganz gewiss gewahr und überbiete Mich in lobenden Sentenzen und Berichten von dem, was Ich sehe, sah und noch erblicken werde in der Unergründlichkeit des Einen, das da allem Inhalt ist, Wahrhaftigkeit und Glorie in absoluter Redlichkeit im Fürstentum der Himmelssphären.

6.13
Seinszusammenhänge zu erforschen, geh Ich nächtig aus dem Haus, Mich berufend auf das, was Ich Bin in wunderbar bedeutungsvollen Geisteszügen. Innigen Frohlockens voll gewahre Ich Mein Sein, als in des freien Über-Mich-Verfügens Strategie der tausend Möglichkeiten, unbeschwert voll Grazie den Austausch mit den Thronen und den Cherubim zu pflegen; weiss Ich doch, dass sie im Reich der Götter Eingeborne sind und mit ihrem überwachen Selbstgefühl Myriaden Wesen liebevoll und ernst, behutsam und behütend, seidenweich und selig in sich tragen.

So auch Mich. Und Bin Ich ihr Verhängnis, Bin Ich gleichfalls ihrer Würde stärkendes Symbol. Ich mehre stets ihr Selbstgenügen, wie das Meine, in der Einheit und dem Einssein, das von oben bis tief unten durchschlägt, um dann wieder in den höchsten Rängen Manifest zu werden, als in einem Taumel reiner Freude und Bewusstheit im Allhier.

Wende Ich, so wende Ich das Lebensblatt dem Höheren und Allerhöchsten traulich und entschieden, bittend und bestätigend, was Ich Mir Bin, entgegen und zögre nicht, Mich zu dem Gros der Seinsgerechten feierlich hinzuzuzählen.

Eine Welle der Begeisterung spür Ich durch Meine Mitte wogen an der Daseinsseligkeit, die Mich beflügelt und belebt und der Ich fürderhin Mein ganzes Dasein weihe, als gegeben und geführt, von Gottes Licht beseelt und von den alles überschauenden und weltenbauenden Hierarchien mitgetragen.

So wird das eben noch Verfinsterte zum hellen Tag und das Betrübte mausert sich zu einer Schau von überragender Geselligkeit am eigentlichen Leben, das sich in den Geistessphären abspielt und Beglückung an Beglückung reiht in denen die sich ihrer Günste zu versichern wissen und ihr Sein dem Ihren anvertrauen, sinnerfüllt, beseligend, berauschend, unermesslich licht und wahr.

6.14
Hast du den inneren Zauber Meiner Schrift vernommen, so wirst du auch den Hörtest wunderbarerweis bestehn. Wort für Wort wirst du erhorchen, das sich aus der Himmel Ordnungen in deine Seele senken will, um dir Erkenntnis übersinnlichen Gehalts und Wohllauts mitzuteilen. Was Ich schon den altehrwürdigen Propheten, Weisen und Gelehrten leichterdings gewährte, wird auch dir vermittelt allsogleich, wie Ich dich würdig finde, das Erhabne, das du Bist, vor deinem Schaun erstehn zu lassen. Sein vom Sein ist dir geworden und gewährt durch das Medium der Resonanz, in die Ich die Geschöpfe und Gemüter universenweit versetze, um ihr Wesensein mit Meinem gleichzuziehn.

So erweist sich dir das Weltliche als Schauplatz Meiner Gaben und Begünstigungen, die dir alle Ehre machen, wenn du dich auf das verlässest, was in deinem Innesein geschieht und sich aufs Zarteste in dein Bewusstsein wehen will aus Meinem Sinnkreis und Begaben.

Du wirst erfahren, wie der Raumbegriff sich aufhebt allsogleich, wie der des strahlenden Identischseins mit Mir von dir Besitz ergreift und deine Weltsicht radikal verändert zugunsten einer genialen Heilsgeschichte, die sich abspielt in den Göttersphären, wie in dir.

So wisse denn, dass du gesegnet bist und bist vor aller Zeit geworden als Mein Denkspruch und Kalkül, Mein liebenswertes Pfand und Meines Ebenbilds Gewähren. Du Bist und so begründet darfst du auch, Ich Bin, zu dir und deinem Wesen sagen, zeitenlos und raumlos in das Sein gefügt in unaussprechlich sagenhaftem Wohlbefinden.

Wo Göttertrautheit herrscht, erfüllt sich die Verheissung eines überaus bekömmlichen und friedevollen Zustands der Glückseligkeit, in den die abgeklärtesten Gemüter fallen, feierlich und fürstlich, ewig unbeschadet, geistvoll, überragend als im Rang der Cherubim.

6.15
Item: Zähl die Welt mit allem Drum und Dran, mit aller Narretei und aller Zuversichtlichkeit zusammen und übermach sie Mir, damit Ich ihren Wert bestimme, ausgedrückt im Schütteln Meines zauberhaften Würfelspiels. Es türmt sich auf, es legt sich nieder, seinslebendig als ein unermesslich Wellenwogen und wird doch mählich imposanter und gewissenhafter und bedeutender im Chor der vielen seinsgeschwisterlichen Gilden, die genauso Meinem Überschauen unterstehn.

Du siehst, so etwas lässt sich nur mit Plus und Minus, als von Mir gesichtet und erlebt bezeichnen, weil in Meiner Kalkulation allein die inneren Werte und Erhebungen zum Zuge kommen. Da gibt es vor Mir kein Verbergen oder Kneifen, weil Ich gerade das Intimste deines Wesens selber Bin als Seinsbegründer und Gestalter, Patriot und Landschaftsgärtner ebenso, wie als Vermittler reiner Gnaden in der Gloriole, die Ich um dich lege.

Sinnvoll ist es, sich zum Fortschritt und zur Vielbewandertheit in Meinem Kabinett entschliessen, doch ist vorab das Moralische gefragt, wenn es um gottgefälliges Verhalten geht in Meiner hochsensiblen Präfektur. Mit liebevoller Sorglichkeit soll sich dein Herzgefühl ins Leben stellen, um vermittelnd einzugreifen, wo Zänkerisches oder Unbarmherziges geschehen will, wie um das Reine darzustellen, das allein der Gottheit würdig ist, in der du wesest, ebenso wie sie in dir.

Treibe und verbleibe doch in Meinem Garten reiner Lust am Dasein und genese von dem Wahn des weltentüchtigen Gebarens, der die Vielen in sich selbst gefangen hält in ihren Erdentagen. Meistre deine Triebe und bemühe dich um Feuerkraft des Geistes, die allein der lebelangen Fahrt genügt in Meine Gründe, Galerien und Gottseligkeiten.

6.16
Na komm schon, sagt der Volksmund leichterdings sich in die aufgestellten Ohren. Ich aber herrsche dich mit Donnerstimme an: Komm endlich aus der Resignation und dem Geplapper Mir entgegen, indem du dir beweisest, was du kannst und wessen Vater Kind du bist in deinem Dich-Bewähren.

Jungbrunnen nenne Ich das Bad, in das Ich Meine Pappenheimer tauche, um sie brauchbar, ebenmässig, seinsnatürlich und galant zu machen in Bezug auf den Verkehr mit Meiner hocherhabnen

Geisterschar, die alles adelt und erhebt, was ihrem Anspruch in die Quere kommt und was dazu berufen ist das Wirkliche zu hören und herzinnig zu verstehn.

Ich sag, erahne du, was es für dich bedeutet, Klarheit zu gewinnen über deine Lebenssituation, indem du die Vertracktheit deiner Motivationen klaren Blicks durchleuchtest und dir selber auf die Finger schaust auf deinen kapriziösen Beutetouren.

Ich setze dir Geheimnisvolles vor die Nasenspitze und du stösst und stösst daran und ohne dass es dir gelingen will, es zu entziffern, deiner Klugheit und Gewieftheit, Eloquenz und Tatenfreudigkeit gemäss. Das ist, weil du dich Meiner nicht versiehst im Hintergründigen und weil es dir noch nicht bekannt ist, welche Rolle Ich in der grotesken Fülle deiner Angelegenheiten spiele. Lernen sollst du, wie man mit Mir umgeht und Mir Achtung zollt vor allem anderen, das sich so respektgebietend vor dir aufpflanzt und versucht dich für sich einzunehmen.

Nehmen kann nur Ich, weil Ich auch alles gebe aus der Ewigkeiten vollgestopftem Schoss. Ermittle du in ruhig werdendem Besinnen, was du wirklich brauchst und was du dafür geben sollst in deiner Weise, dich an alles zu verlieren, was dir aufstösst, was den Sinn dir reizt es zu erwerben, um dich dann selbstzufrieden im Besitzerstolz zu wiegen.

Besitzen ist nur Mir gegeben; derweil Ich dich vollends besitze, steht es dir wohl an, Mich zu verehren und dir mählich auch die Ansicht zuzulegen, dass Ich alles in dir Bin, was ist und was Gewähr für Unbedingtheit, Unerschöpflichkeit, Erfolg und Lebensgrazie bietet. Mach es dir zur täglichen Gewohnheit zu bedenken, dass du selber nichts und dass Ich in dir alles Bin, was sich vermehrt, verzehrt, beschleunigt und der Wunderkraft bewusst wird, die Mich in dir durchströmt in allen sakrosankten Aktionen, die Mir eigen.

So hat alles seinen Wohlverstand gewonnen, als in Mir beschlossen und in Mich gefügt, von Mir begünstigt und beseelt und endlich liebevoll in die glückseligen Sphären Meiner Himmel aufgehoben.

6.17

Ich beginne, wo du aufhörst, Ich verlasse Mich auf Mich, wenn dich die guten Geister längst verlassen haben. Worum du immer dich bemühst, es ist vom Moder des Vergänglichen durchzogen. Und weißt du denn so sicher, was dir blüht, wenn du vermodert bist mitsamt der Fülle deiner Angelegenheiten?

Da nenn Ich dir ein Mittelchen, um dich dagegen aufzulehnen, dass dein Hinschied dich von deinem Leibe separiert, das heisst: Mach dich beizeiten auf, dich selber zu erkennen, um zutiefst zu wissen, wer du Bist in deinem unverwechselbaren Seinsgefühl.

Bei dieser Suche kannst du alles glatt vergessen, was sich als das Irdische bezeichnet, das Sinnenfällige als Macht des Augenscheinlichen, die stets im Alltag übertönt, was sich in deinen Seelenuntergründen regen will als Stimme des Gewissens und der Seinsgewissenhaftigkeit in dir. Und akkurat an dieser Stelle sitzt der Angelpunkt und die Gewähr der grossen Wende, die dich mit den Sphären reiner Geistigkeit bekannt macht, als von Mir gelebt und propagiert, in dich gegossen, ohne dass du's weißt und von dir täglich ausgelegt und ausgelebt in jeder Weise deines bodenständigen Dich-Betragens.

Indem du dich und deinen Sachverstand in allertiefste Stille und Entäusserung versenkst, gewährst du gnädigst Mir, in deine Hemisphäre einzutreten und Meinem Einfluss über dich gehörig

Geltung zu verschaffen, denn Ich sage dir, die allergrössten Wandelungen müssen sich in aboluter Ruhe und Bescheidenheit vollziehn.

Die Basis ist gelegt, wenn du dich unerschütterlich dazu entschlossen hast, in täglichem, bewundernswerten Meditieren alles von Mir zu erfahren, was dein Wesensein exakt bezeichnet und dir Wissen zuspielt höherer Art und Weise, als du je dir's hättest träumen lassen in deiner doch sehr dürftig wallenden Philosophie des Lebens und der Welt und bis ins Kosmische hinein, an der dir doch so viel gelegen.

Nun also mach Ich dir die Seelenaugen munter für das Erschauen und Erlangen eines Selbst-bewusstseins von unübertrefflichem und blütenreinem Charme der Wissenschaft vom Sein und allen seinen Wegen. Denn, was bist du anderes in deinem Kern und deinen ins unendliche Bewusstsein sich verströmenden Gedanken als das Sein an sich mit allen Konsequenzen, die dir dies Erkennen in die Herzensschale legt.

Nicht morgen, heute schon sollst du mit dem beginnen, was dich unerschütterlich zu Mir und Meinem Weltgewissen führt. Denn einmal muss dein Schicksals Widersprüchlichkeit sich resolut für Mich entscheiden, der Ich dein Erzeuger, dein Begleiter und Behüter bin, dein Nichts und Alles in der Seinserkenntnis, die Ich dir kulant und liebevoll gewähre.

Da du nun Bist, bist du ganz Mein geworden und erscheinst dir als das Gleichnis der Allherrlichkeit, bedacht mit der Textur der allerhöchsten Gnaden. Die längelange Wanderung zu Mir ist ausgestanden, derweil dir im Allheiligsten die Freudenröslein blühn. Das Geheimnis deiner wahren Wesenschaft ist dir gelüftet worden und ersteht, von Meinem Glanz beschienen, wie der Phönix aus der

Asche in lebendiger Selbstverständlichkeit vor dir. Du schweigst im Schimmer warm gefühlter Tränen und besinnst dich auf das Himmelsglück, das dir geschehn.

Du Bist und bist von Mir gerettet und verklärt und Bist dein Eigen als in Mir im Weltsein wie indem du Mir gehörst in manifester Glorie, Gewissheit, Güte, Herzlichkeit und im vom Ewigen umfang'nen Herzenswohl.

6.18
Der Start ins Ungewisse ist es, der so viele davon abhält, sich näher mit dem Sein und den damit verbundenen Aspekten zu befassen; das Übersinnliche ist ihnen generell suspekt, weil sie es nicht ergreifen können.

Nun aber fass Ich alles, was da ist, mit Meiner Geistesgrösse an und weide Mich daran, die Dinge Meiner Sphären Rang und Namen und damit eine Wirklichkeit und Unbeschwertheit zu verleihen, die du vergebens suchst in der gewichtigen und prächtigen Geschichte deiner Illusionen. Ich handle hier, indem Ich Bild an Bild gedankenkräftig aneinanderfüge und ihm nach belieben Form, Lebendigkeit und Seele zugesteh, damit es sei so sicher, wie der ganze Festzug der Erfindungen, den Ich vor Meinem Sinnen ausgebreitet habe. Von selbst versteht es sich, dass Ich denn fähig bin, ihm Dauer, Wachstum, Güte, Nützlichkeit und Seinsvertrautheit zu verleihen, die jeder der im Geisterreich Kundigen begreifen und sich nach Lust und Laune an ihm laben kann in feiner Ironie des Andersartigen, das vor ihm aufblüht und Gesetzlichkeit und Wärme, Natürlichkeit und Einzigartigkeit erlangt von Meinem liebevollen Willen und Befehl.

Es mehren sich die Zeichen, dass die menschlichen Erkenntnisse die Geistwelt als die Wirklichere und Beständigere als die ihre wunderbarerweis verstehn und dabei lernen, sich in ihrem Charme und ihrem Ausruf als in einem Selbstverständlichen zu regen und bewusst, begeistert und behutsam zu bewegen. Bitte schau dann hin, wie alles sich in Wohlgesittetheit und Würde, paradiesischer Verklärtheit und Gelassenheit vollzieht, wie Ich Mir's vorgestellt und als berechtigt und erwünscht erfunden habe. So leiste Ich, was immer sich zu leisten lohnt und überziehe Mein Gefield mit mustergültigen und meisterlichen Taten. Ich mehre auch die Denkkraft in den menschlichen Gemütern, dass sie weiser werden und, dem Nimbus Meiner Unbescholtenheit gemäss, ihr Dasein fruchtbar und gesellig, liebenswürdig und bekömmlich zu gestalten wissen, das da ist ein gutes Stück von Mir und so lass Ich es nimmer ins Verderben fahren.

Erkenne du die Seinszusammenhänge, repetier Ich dir und sei damit getröstet und erhöht, weil du dabei in allem Mich und Meine Wohnstatt findest, ewig heiter, dich berückend und beglückend, seelenselig, licht und wahr.

6.19
Wer treibt die Räder in der Weltenmühle Seim, Salut und traditionsgeschwängertem Hallo in allen Sparten, Spiegelungen, Verlusten und Gewinnen durch der Zeiten unerschöpflich Spiel? Die Klarsicht der Gerechten Meiner Zünfte ist's, in deren Aufsicht und Befehl das Brausen liegt der Lebenssturm-Gewalten, wie das Säuseln zarter Sommersonnenwinde, die dem Dasein Wonne und Geschmack verleihen rund, gesund und schön.

Glaube nicht, dass menschliches Hierarchentum das Allerhöchste sei, das ist in der Unendlichkeit des sternenräumlichen Geglitzers und dem immanenten Geistessonnenstrahlen, das nur die geschärften Seelensinne vor sich sehn.

Mein Hierarchisches ist weit über dich hinaus gestaffelt und geführt, geschichtet und verlässlich durch Mein Sein gezogen, gütestrahlend, hocherhaben, bruderschaftlich, konsequent ein unermesslich Heer.

Kräfte sind's und Mächte, Throne, königliche Cherubime, alles überschauende Bewahrer der Gesetzlichkeit des Himmels, dem all so viele Welten und Gewalten, Überlegungen und Abergründe angehören.

Leidenschaftlich gern verberg Ich Mich in allem, was sich als ein Wirkliches gebärdet und voll Schärfe zischt, geruhsam plätschert oder sich im heiligen Mysterium des Regenbogens ins Unendliche verliert.

Ich erlaube Mir, dich wegen deiner Unbeholfenheit im Denken anzuklagen, weil dich eben diese daran hindert, Mich in Meiner vollen Seinswahrhaftigkeit und Überlegenheit zu sehn. Du träumst, derweil Ich Wachheit Bin des allerköstlichsten Kalibers und immerfort dem Weltenrauschen zugetan in vollbewusster Weise des Erkennens und Benennens seinsstrategisch vor Mich hin. Ich gewähre und vermehre, was Ich immer will nach Meinem feinen Gusto der Gefälligkeit an Mir. Nicht umsonst soll's von Mir heissen, dass Ich in der Fülle schwimme Meiner Werte und Gediegenheiten, Meiner Schöpferfreundlichkeit und imposanten Allegrie des Waltens und Gestaltens, Sinnens, Seiens und beglückt Mich-ins-Unendliche-Verwehns.

6.20

Spiegel deiner selbst sollst du dir werden, indem du dich agieren siehst durch den lieben langen Tag. Es gehört sich, dass die Vielen klargesichtig, spannend und gespannt vor dir erscheinen, damit du über sie das Urteil fällen kannst, ob sie edel und gerecht, nützlich, lebensfroh und zielbewusst gewesen sind in der Tradition von deiner Selbstbewusstheit über allen Nöten.

Bringst du es zustande, aufgeräumt, galant, bei bester Laune vor dir zu erscheinen, läuft dir alles wie am Schnürchen von den Händen, ohne dass du dich verhaspelst und dem Tollpatsch ähnelst, der stets die verkehrte Seite der Geschichte aufgreift und sich dabei königlich vor aller Welt blamiert.

Glaubst du wohl, was dich durch Tag und Nächte so bewegt, komme aus dir selbst und sei dein eigenes Verdienst im Sinn der Ordnung, Wohlanständigkeit und Wirkung, die du generierst? Ich rechne dir's hoch an, wenn du im Grunde deiner Seele einsiehst, dass ein Höheres dich sanft und innig führt zu allem, was du leistest, retouchierst, verbindest, lösest, urbar machst und ihm den Glanz verleihst des Wohlgelingens lustig, hurtig, weltgewandt und tatenfreudig vor dich hin. Ich Bin Es in deines Seinsbewusstseins Überschwang und Stärke, das sich auslebt und Gewinn um Seinsgewinn in dir erzielt, wenn du nur stets darauf bedacht bist, dem so zarten, inneren Ruf zu folgen, den Ich dir gewähre, als von Mir und Meinem Anhang ausgegeben und begründet und verehrt.

Lässest du dich nicht von Minderem versuchen, trägst du bald das Siegel der Allherrlichkeit auf Stirn und Wangen und ein Lächeln zeigt sich an von überirdischer Gelassenheit und Wohlgemutheit, Siegesfreude und Verbindlichkeit mit dem, was ewig ist, freimütig und gesichert, majestätisch, resolut und liebenswert zugleich, in deinem Dich-Vergluten.

So trägst du Früchte, lautere und schöne, ungespritzte und von Mir behütete in abergrosser Zahl, die sich aufs Beste an die Würdigen verteilen lassen.

Wie begonnen, so zum strahlenden Vollenden hingeführt ist alles, was Ich in dir induziere, meisterlich und mild und melancholisch, maliziös und graziös, wie's eben kommt und geht und nützlich ist, verschwenderisch und ökonomisch in der Skala Meiner Dienstbarkeiten an der Welt, am Leben und an allen Meinen Wesen. Ihnen lasse Ich Mein Herz und Meine Zartheit, Meinen Sinnspruch und Mein Naturell in Fülle angedeihen, ohne Unterschied von Rasse und Person, wenn nur der Wille da ist, Meinen Einfluss zu ersehnen und der Sehnen stolze Kraft nach Meinem Willen anzuspannen im Gefüge der Gegebenheiten, das Ich allen zur Betreuung und Bewährung auferlege.

Rechne du dich zu der Gemeinschaft derer, die in Meinem Dienste stehn und lass dich dann an Meiner Tafel gütlich nieder, als von Mir bewirtet und bedacht, mit Meinem Segen aufgemuntert und in aller Heimlichkeit zum Prinzgemahl erhoben. Sei und sei Mein allerwürdigster Gespan, als Sein vom Sein und Seiender von Gottes Gnaden. Wende dich dem Strahl des Glücks entgegen, der die Räume Meines Gegenwärtigseins erfüllt und schmückt und der die seienden Gemüter aufs Bekömmlichste verklärt und ihnen Sanftmut angedeihen lässt in wunderbar getragenem Beehren.

7

Welche Dauer hat noch Gültigkeit

7.1

In diesem Augenblick erheb Ich Mich in dir zu Mir, von Weltenabenteuerlust getragen. Die guten, reizenden und rechten Dinge kommen Mir von selber zu in dem Bewusstsein bodenlosen Glückes, das Ich für Mein Sein gepachtet und für angebracht erfunden habe.

Was sich in Mir voll Geistesabenteuerlust, zutiefst erwiesner Willensstärke und wandersüchtigem Prophetenreichtum abspielt, übertrifft die kühnsten Spekulationen, die doch so weltgewandt und siebenklug, scheinheilig und gekonnt den Journalistenmarkt beherrschen. Zuzeiten überheb Ich Mich mit der Gewissheit, dass sich alles Angezettelte auch wieder lösen und erlösen lässt in seinsgalanter Weise, mit dem Kopf voran und im Gefolge einer Geisterschar von unnachahmlich kultiviertem Seinsgefühl bis in die allerhobensten Etagen.

Deshalb versteht es sich von selbst, dass Ich Mir alles leisten kann im Wirkensfeld von Anmut und Begaben, Überschwänglichkeit und Kühnheit, dem Ich Mich verbündet und verschworen habe. Ich brauche Mir die Orte des Mich-selbst-Verschwendens-und-Verrennens nicht zu merken, weil sich in in Meinen Gründen, ohne jeden Suchbefehl, auch das Unscheinbarste wieder findet, das Ich an die Wege Meines triumphalen Weltenzugs gepflanzt und ihrem Turnus angeglichen habe.

Auch das Stämmige stammt von Mir und bietet Schutz in sturmgepeitschten Wetterlagen. Ich vergesse nie, Mich vorzusehen, um auch den knackigsten Problemen gegenüber unbeschwert, gewappnet, überlegen und vollzugsbereit zu sein, damit sich jede Seinserregung wieder legt und Friede und Betrachtung herrschen in den Zonen Meines virtuosen Künstlertums im Stiften von

Bekömmlichkeit am Leben und Redseligkeit im Loben Meiner Werke im hochgeschossenen Allhier. Nie wanderte Ich leichteren Fusses über Meiner golddurchwirkten Fliesen Sonderzahl. Es mögen noch so viele, was Ich tu' und lasse, auszuspionieren suchen, niemals werden sie Mich mutlos finden oder ratlos oder aufgeschmissen in der Vielfalt Meiner Äusserungen, Lebensreize, Schicklichkeiten und Begabungen von Gottes Reiseziel und Forschertum im universenweiten Fahren.

Mich kriegt kein kritisch Argument beim Wickel, weil Ich alles, was Ich vorgestossen, hinterfragt und überlegt und bestens ausgebügelt habe, eh noch ein Quentchen von ihm sichtbar wurde in des Weltseins Freudensaal.

Nun scheint Mir des Bestätigens genug zu sein und es erweist sich als gesund und rund, dass Ich Mich zur Beschaulichkeit und Weiselosigkeit hinüberlehne, um das Glück des puren Daseins weidlich auszukosten in der Strategie von Soll und Haben, Bolzen und Beruhn, die Ich Mir willensstark und kategorisch, züchtig und gekonnt zurechtgelegt und eingetrichtert habe. So passt alles in Mir aufs Erstaunlichste und Wunderwirkendste zusammen und erweist sich als die Weisheit selber im Äonenlauf und Aufwall Meiner Taten. Ich ende ohne aufzugeben und verlasse das Gelände Meines Anspruchs auf Erfolg und Glorie, glückseliges Gestalten und Erhalten feierlich vergnügt und sorgenlos.

7.2
Welche Zielkraft, welche Dauer hat noch Gültigkeit in einer Welt, wo so viel durcheinanderwirbelt und verloren geht, wie in der Heutigen, in der wir nur mit Hangen und Bangen leben. Meine, sag Ich keck und

munter an, indem Ich leichterdings behaupte: Hier ist alles gut, wo die Gelehrten Ehrlichkeit und Achtung spinnen und die Denker sich bemühn, den Trugschluss ausser Acht zu lassen und kein Jota abzuweichen von der Bahn, die sie als Richtige empfinden.

In Meiner Hemisphäre lächelt dir noch Tag für Tag der simple Gruss der Seinsbescheidenheit aus offenem Visier entgegen. Vernünftelei ist abgeschafft und niemand übervorteilt hier den andern, weil er weiss, dass Tücke Unheil bringt und Trug Verderben im Kalkül der Weisheit, das Mir höchst geläufig ist seit ururfernen Zeiten.

Verhalte du dich still, wo Myriaden ihren Quatsch ins faszinierte Publikum hinausproleten. Denn es steht geschrieben: Laut bringt Leere, leise reichert sich zur Fülle an und ist die Schwester der Wahrhaftigkeit, zu deren Taufe Göttinnen Spalier gestanden haben.

Ich anerkenne keine Not, weil Meine Seinsnatur nur herzgeschwisterliches Teilen zulässt in beredter Selbstverständlichkeit und unbedingter Treue allen Wesen gegenüber, die der Hilfe und des Trosts bedürfen. Meine Stimme ist so frei von Raffinesse, dass sie weit in der Runde allen Ohren lieblich klingt und sich dem Sinn wie Harfenspiel als frohe Botschaft oder Glückspost präsentiert, die auch entsprechend aufgenommen und goutiert wird.

Einsam sind die Täuscher wie die Unbeständigen in der Gesellschaft froher Mitbegründer einer Seinskultur von hohem Adel und von liebevollem Miteinander-Umgehn in den täglichen Gepflogenheiten, die da sind: Der Sanftmut seelenvolle Offenheit der Menge der Verschlossnen gegenüber, Heiterkeit und Herzensgüte, die sich wie der Wind verbreiten in der hoffnungsvollen Menschenschar.

Kurios ist, dass soviele noch an altehrwürdigen Begriffen kleben, die dem Unheil Vorschub leisten und den Wandel zu Gerechtigkeit und Gutheit hemmen, ohne sich darüber Rechenschaft zu geben. Ich zähle nur auf die Versierten in der Kunst des bodenständigen Begreifens Meiner zarten Winke in Bezug auf Zuversichtlichkeit und Gottgefälligkeit in Meinen Landen höherer Vernunft und seinsstabilerer Gemüter als es die Kommunen sind, die ihre Schnäbelchen an süssen Torten wetzen, statt an herben Steinen, die ihnen Form und Feinheit, Zungenfertigkeit und Schärfe lichterloh verleihen.

Sei du froh, wenn dich Mein Szepter überwaltet und verkriech' dich unter Meinen Schutz und Schirm in netten wie in mickerigen Tagen. Ich glätte deine Falten und verliere Mich nicht in unendlichen Verästelungen wo es gilt, in gradem klargesetztem Strom dem Ziele zuzustreben. Wache und erbitte dir von Mir die Sicht auf was sich in der Einheit Gottes wohl versteht und was darin Beglückung, Frieden, Phantasie und Schöpferfreude atmet. Erzeige dich als tugendhaft, bescheiden, lernfähig, licht und herzensschön und teile dein Bewusstsein von der Welt und von dem Hauch der Sternenlieblichkeit am Dom des Himmels mit dem Meinen.

7.3
Was sickert durch, was flüstert, redet, schreit und brüllt von Mir in deines Reichs so schwierig zu erreichendes Vernehmen? Ich, warnend dich mit Gesten hundertfach getan und reiche dir die Hand hinüber, dich an Mich zu ziehn, doch du beachtest nicht, was Ich so innig meine und lebst weiter deinen Traum auf trügerischer Fährte, schmalem Grat, der dich mit Leichtigkeit zum Absturz bringen

kann ins bodenlose, sich ins Nichts verlierende Fanal.

Eine Arche mütterlichen Bergens Bin Ich dir, wenn du begreifst, wie sehr Ich an dir hange und wie lang Ich Meiner besten Kräfte Schar in dich gegossen, um dir Wohlfahrt, Überleben, Starkmut und holdselige Gewinste zu bereiten.

Leise, leicht und liebevoll versuch Ich, dich mit Einsicht einzufangen in das wunderbar geschlossene und offensichtlich weltumspannende Arom der Güte, das Ich Bin und das dich fesseln sollte, faszinieren, überzeugen und verblüffen, als das meisterlich Gerundete an sich, das aller Weisheit Seim und aller Seinsnatürlichkeit Geäder daseinsfroh in sich vereint in einer Multivision, die weiss und wirkt und genialerweis den Universenpuls empfindet in der Virtuosität und Schärfe ihres allerhobnen Schauens.

Das ist der Knackpunkt der Geschichte, dass du Mich nicht siehst, derweil Ich jeder deiner noch so minikrimen Gesten folge, wie der Fuchs der Fährte, dass ihm steht, dich und dein Reich in seinem Wandel mählich zu verwandeln in ein vollbewusstes Abbild Meiner selbst mit aller Pracht und Macht und überragenden Raison, die jeden Streich begünstigt und die Zögernden von der unendlichen Bravour und Grazie überzeugt, die ihnen leichterdings bevorsteht, wenn sie nur immer wollend Beistand bei Mir suchen und darin noch jeden Lebenstest mit Glanz und Glorie bestehn.

So erreiche Ich in Meinem unnachgiebigen Gedulden punktgenau, was Ich Mir vorgenommen habe. Denn das Wachs der Welt liegt nach wie vor in makelloser Formbarkeit vor Mir und passt sich Meinem Duktus und Gewähren, Meiner Schöpferphantasie und Zartheit willig an im Vorlauf der Äonen. Wie klein du immer bist, du bist durchtränkt von Meiner seinsbewussten Grossmut und Gediegenheit, vom Hauch der Sanftmut, der dich noch von jedem Eigendünkel heilt und Mir den Vortritt und den Fortschritt, das Schlussendliche und Seinserhabene verschafft, das Meiner Würde und Gelassenheit entspricht, die Ich schon immer in Mir hochgehalten habe.

Eines schönen Tages wirst du dich er-innern an den Zustand der Allherrlichkeit, mit dem Ich dich begabe und du wirst das Einssein mit Mir in Holdseligkeit und Liebesminne, Trautheit und Bedächtigkeit in dir verspüren. Alle Wirrsal wird sich legen und du wirst mit klaren Sinnen auf der Zinne Meiner Wohlfahrt, Poesie und Seelenwonne stehn.

Reden wirst du nicht mehr viel, aber umso inniger die Seligkeit des Seins verspüren und du wirst das Amen aller Dinge singen, als in Mir geschaffen und gewebt, errichtet und erwählt und in den Lichtkreis Meines unermesslich reinen Sonneseins erhoben.

7.4

Mir selber treu sein heisst, zu wallen auf dem sicheren Parkett des ewigen Erbarmens, das Mir da geschieht, wo Mein Bewusstsein sich befindet heilfroh, gottesfürchtig und erhaben.

Ich mache Mir nichts vor, wenn Ich erwähne, dass im Geistigen mit jedem perlenden Gedanken ein Wirkliches sich abspielt und ereignet, das in seiner Kühnheit und Beweglichkeit dem Weltentrab nicht nachsteht, sondern ihn bei weitem überflügelt als das Agens Meiner Zucht und Zierde, Wachheit und Erfahrenheit in aberhundert Variationen.

Der Erdkreis ist ein Truggebild, das allen ihm gehörigen Wesen zur Entfaltung dient und diese ist ein geistiges Momentum, dem Ich unbeirrbar zu Gevatter steh und das das Leben ist, was all so viele eben nicht begreifen wollen. Die Materie in sich ist tot und ohne Meines Silberhauchs Begaben gar nichts nütze in der Mannigfaltigkeit der Tage, denen Ich Bereiter und Begleiter, Innewohner und Erfüller bin in unerschöpflich wundertätigem Begaben.

Jeder Spekulation Abhold betreibe Ich Mein Handwerk daseinsfroh in Meiner Wohlbekömmlichkeiten zielbewusstem Garen. Ich bereite Mir ein Festmahl aus Gewissenhaftigkeit und Güte, liebevollem Sachverstand und Toleranz im überirdischen Regieren. Nimmer greif Ich ein, weil Ich schon alles fest im Griff behalte, was da ist und was die Zähne knirscht und Lieblichkeit verbreitet in der Weltarena vor den Paparazzi, die in allem eine glänzende Gelegenheit zum Knipsen sehn.

Ich mache auf, wo andere ihr Unternehmen, ja ihr Leben selbst, beschliessen. Tore öffne Ich zu weiterführenden Gefilden und Erfahrungen von überragend moduliertem Wert und Stil. Ich traue Mir das Allerhöchste zu, weil Ich gewiss bin, dass Mir alles wohl gelingt, was Ich in guten Treuen und voll Wirkkraft unternehme. Gepflegt und sauber aufgereiht, stehn die Produkte Meiner Seinsmanufaktur vor Meinem väterlich beschwingten heiteren Beschauen und erweisen sich als wohlfeil und verkäuflich in dem universenweiten Markt, den Ich betreibe.

Auf allen Wundertüten steht galant und goldverbrämt Glückauf geschrieben, die Ich an die Käufer und Kanuten auf der Schnäppchenjagd verteile, ohne das geringste Risiko oder gar Verluste einzufahren. Ich Bin Mir selber Büetzer und Patron und sichte die Geschäftigkeit der Welt von beiden Seiten. Dabei habe Ich den Status der Verträglichkeit erreicht mit den unmöglichsten Erscheinungen, die Mir gegeben und gelungen sind im fabulösen Festspiel der Äonen.

Fasse Ich zusammen, was sich da vor Meinem Seinsgewissen abspielt und vollzieht, so ist es das All-Eine, das sich als das Sein an sich erweist und die gestalterische Krone aller menschlichen Mikroben. Immer und allüberall Bin Ich der Meisterschritt zum Guten und die tonangebende Instanz, die ihre Bürgen seinsbewusst mit Rosenduft bewirtet und mit wunderbarem Feingebäck versieht. Was Ich teile und verteile, strömt als Dankbarkeit, Willfährigkeit und Wohlbehagen ungesäumt zu Mir zurück und schliesst das Runde und Gesunde, Figalante und Fassettenreiche feierlich zum Kreis der Einheit aller Wesenschaft zusammen, die sich schlussendlich in der Wonne der Allherrlichkeit erlebt und in ihr auf- und weiterblüht in ewiger Konstanz und in dem Fluidum und Feingehalt beseelten und glückseligen Friedens.

7.5
Vom Engelsgruss gesegnet und in sein Bewusstsein aufgenommen, Bin Ich seines Strahlenreichs Gefährte und der Ausdruck seiner Seinsnatur. Ich gehöre Mir und ihm, darf Ich Mir sagen lassen von des Seelenseins Geflüster, Seinswahrhaftigkeit und liebevollem Umgang mit den Selbsterkenntnissen, die Meiner Sensibilität zuteil geworden sind. Ich hüte sie als einen Geistesschatz von unerschöpflicher Prosperität und hochbedeutendem Gewähren.

Federleicht wird Mir ums Herz, wenn Ich bedenke, welche Wohlgesonnenheit und Grazie, Sicherheit und blütenreine Trautheit darin liegt, dass Ich Mir Meines Engels Innesein bewusst bin im Geheimnis Meiner Geisteszüge. Wach und virulent, behutsam und auf's Äusserste erfolgreich, Bin Ich Mir geworden im Bewusstsein Meiner Herkunft als von

Höhen himmlischer Struktur und geisterfüllter Sagenhaftigkeit in den Rängen der Archangeloi und Cherubim, Dynamis, Seraphim und Throne, die mein Wesens Inhalt sind und wunderbar gesättigtes Beleben.

Aus Mir selber Bin Ich wenig, was Bedeutung haben könnte in der Seinsgeschichte, die Ich längelang in Mir erlebe; im Empfinden der mit Göttlichkeit Begnadeten jedoch Bin Ich Mir alles was es braucht, um selig, ewig unvergänglich, genial und vielgeliebt zu sein in den Reichen der Gesegneten von Gottes Gunst und Gnaden. Freilich Bin Ich mittellos und gross im selben Zuge und will Mich Bettler nennen und zugleich Begründer einer Seinsphilosophie von höchstem Rang und richtungweisender Gebärde, als vom Elysium ausgegeben und von Mir erhört, bewundert und ins Universensein gefügt, an dem Ich Mich zutiefst erlabe.

Geregelt und gerecht ist alles, was Ich Mir frohlockend, hellgesichtig und bewusst zugute halte, weidenschlank gebogen Meine Meinung von des Gottes Sinnspruch und Befehl, die allein noch Geltung haben und Brisanz in allen Meinen Motivationen.

Hinauf, herunter in der Skala der Betrachtungen, die Mein ins Unermessliche gezognes Weltensein betreffen, führ Ich Mich in wunderbar bebilderten und für Mich auserlesnen Stufen des brillanten Seinselans, indem Ich Bin und zu Mir selber Mich erhebe. Taufrisch, tatenträchtig, schöpfergenial und gütevoll begleite Ich Mich selber durch die Gärten Meiner Wirklichkeit und Meines Phantasierens, die in unerhörter Farbenpracht, Lebendigkeit und Fabelhaftigkeit erblühn, zur Freude und zum Vorbild für die Generationen, die sich seinslustwandelnd und beglückt in ihrer Anmut, Lieblichkeit und Friedefertigkeit ergehn.

7.6

Mache dir nichts vor und akzeptiere, dass der Aufstieg Seinswahrhaftigkeit, Geduld, Verträglichkeit und Resonanz bedeutet auf was Ich dir besage. Du magst auch noch so sehr am Bändel der Gelehrigkeit, Ergebenheit und Minne hangen, wenn du den Mut nicht aufbringst, der Erfüllung deines Lebenswerks entgegen, auch zu leiden und es in jeder noch so rauhen Situation zu lieben, wirst du kaum vorwärtskommen auf dem Weg zu Mir.

Doch die Art, wie Ich dich dafür dann belohne, dass du standhaft bist im Wirken für Mein Ziel, entschädigt dich vollends und weit hinaus darüber mit Erkenntnissen, die dich allwie vom Himmel hergesandt erreichen und der Seele inniges Freudesein und wunderbaren Trost bereiten.

Ich stelle dir nicht nach, du musst dich selbst darum bemühn, nach Meiner Ehrbarkeit und Generosität - gewandt und glaubhaft, vehement und stichfest jahrelang zu streben, bis sich dir die Geistespforte öffnet und der Hauch der himmlischen Gelöstheit, Grazie und Seelenseligkeit dich überfährt, als von Mir gewährt und an die Zuverlässigen und Treuen ausgegeben.

Der Aufstieg in Mein Reich bedeutet für dich das Erreichen einer seinsgeschichtlichen Novelle ohnegleichen, die dir allen Lebens Vielgestaltigkeit und Machbarkeit in einem neuen Lichte präsentiert, das sich die Generationen gläubiger Gemüter sehnsuchtsvoll erträumten. Nun endlich Bin Ich für sie da als wirkliches und wirkendes Umfangen aller ihrer Angelegenheiten und du darfst mit ihnen Meine liebevolle Gegenwart erspüren und zutiefst verstehn.

7.7

Kraft des Seins Bin Ich, die Mitte deiner Äusserungen; Kraft des Seins geschieht dir das Erstaunliche, das du in deinem Sinnkreis vordem nie gesehn, dass du Bewusstheit von dir selbst erlangst und damit Übersicht, Kontrolle und Entschiedenheit über die Gesamtheit deiner Lebenstaten. Indem du nicht mehr irrst darüber, was du dir zuletzt, zuinnerst und zuoberst Bist, erkennst du Meinen Wesenszug, die Zucht, Vernünftigkeit und Zierde, Trautheit und Erhabenheit in dir und weisst dich ihm gehorsam und gewissenhaft, ehrfürchtig und begeistert bis aufs Blut verbunden, wo das Identische Triumphe feiert und Heil und Harmonie obsiegen in der Willkraft der Lebendigkeit, die wir uns miteinander teilen.

Bist du gefordert, stammt der Seelendruck von Mir. Fühlst du dich gefördert, sind es Meine glühenden Impulse, die dich von der Stelle des Beharrens und Behauptens weg ins Seinslebendige, Allweise und Allgütige bewegen.

Nicht von hier und umso mehr von Mir sind alle deine Motivationen, die zu Lebenstüchtigkeit, Beständigkeit, Bewusstheit, Fortschritt, Virtuosität und Selbstvertrauen führen. Handelst du in Meinem Sinne, ist der Handel schon perfekt zu deinen Gunsten abgeschlossen und besiegelt und vermehrt den Wert, das Ansehn und den Einfluss deiner Güter insgesamt um ein Beträchtliches, dass du im Geisteswohlstand schwimmst und dir die Zünftigen und Aufgestellten Referenz und Rückhalt, Lob und Freundlichkeit erweisen.

Nicht meiden sollst du die Gefahr, weil Ich dir Fährte Bin und Seinsgefährte überall in deinem hoch bedeutenden und weltenschaffenden Gedankenleben. Ich weiche nicht von dir, wenn du dich traust, auch die gefährlichsten und anspruchsvollsten Wege zu beschreiten, die da sind und sind von Mir bereitet und begleitet, aufgeschüttet und blockiert in all so weisem und gewissenhaftem Über-dich-und-Mich-Verfügen. Einen Leitsatz leg Ich dir ins Ohr von meisterlicher Kraft und von allherrlichem Genügen, der da lautet: Sei und sei in Mir der sakrosankte Träger Meiner Würde und Bewusstheit, Meiner Unerschöpflichkeit und Meines Wohls. Mehr will Ich von dir nicht verlangen als die Hochgemutheit Meinen Schimmer zu gewahren und im Herzen zu bewahren schlicht und innig, friedevoll und wahr. Ich gelobe dir Befreien von der Wucht der Widrigkeiten, die dich ständig Mir entziehen wollen, wenn du nur bedächtig und bestimmt nach Meiner Hilfe Ausschau hältst und dich von ihr verwöhnen und versöhnen lässest. In des Lebens Windlicht, Trug und Wohlgeraten absolviere, was es noch zu lernen gibt, bei Mir und du wirst staunen ob der Tüchtigkeit und Tatkraft, Klugheit und Gefälligkeit, die du erlangst in Meiner Hemisphäre der Bravour und der Glückseligkeit im Sein und Sinnen, Zärtlichkeit-Gewinnen, sichtig Werden weit und breit und fähig, dich von Meinen Himmeln liebevoll umhüllt zu sehn.

7.8
Wie lieblich sind doch deine Wohnungen, will der Geliebte sagen seines Herrn und meint damit sich selber, weil er ja der Herr ist über seine Weltsicht und das gloriose Universum seiner Angelegenheiten. Redet er vom Herrn, so meint er Mich, der Ich sein Wille Bin, sein Paternoster und Befehlen. Schluckweis, ruckweis stösst ihm auf, wozu er brav gelernt hat, ja zu sagen. Das ist dann seine Klugheit, als von Mir gegeben und gelehrt, schlüssig

und süffig gemacht und seinem Hinterstübchen eingetrichtert, offenbar.

Richte nicht, damit du nicht gerichtet werdest, muss Ich dir vom Herrn berichten, zwei, drei Welten über dir. Denn es steht geschrieben, deinen Herren sollst du ehren und dich niemals setzen über ihn, damit deine Tage lange nicht gezählt sind und dein Dasein unter seinem Fittich angenehm und freudenreich verläuft, als wär's im Himmelreich gewesen.

Es melde sich wer kann und reihe sich in die Gesellschaft seiner Seins-Geschwister, die Ich alle wunderbarerweise kommandiere, kontrolliere, korrigiere und beim Wort und Wickel nehme, ohne im Geringsten Mich zu zieren.

Ich streite nicht, weil Ich allein auf weiter Flur Mein Daseinsfeld bestreite und sakrosankter Herrscher über alles Bin, was Mir gehört an Land und Leib und Leben. So regiere Ich das Reich zu Meinen Gunsten und wer sich endlich dazu anlässt und bequemt, den Comment ganz allein bei Mir zu lernen, der hat das grosse Los gezogen und kann damit in Freudenwohlfahrt, Wonne, Gottesfreundschaft und elysischer Gestilltheit leben und sein Sein in Meinem Sein beschliessen, ehrbar, weise, wunderbar.

Sieh, Ich unterweise dich im orthodoxen Schullatein, von dem gesagt wird, wer es intus hat, der kann nun nimmer fehlen und wird reüssieren noch und noch, bis in die alten Tage seines Hierseins und noch weit hinaus darüber, wenn schon lange Gras gewachsen ist um seine Existenz und sich niemand mehr an ihn erinnert, als er selbst in seiner Wertbeständigkeit und dem enormen Weisheitskapital, das er eh'mals sich errungen.

So läuft die Sache bolzgerade oder windschief, wie es eben deinem Naturell entspricht und deiner Fähigkeit, dem Eigenwillen zu entsagen und dir

Meinen anzueignen in der Gottesremedur, durch die Ich dich zum Heilen, Heiligen und Seinsverklärten stilisiere. Komm und schau dir diesen Spruch herzinnig an und werde der du Bist, indem du der Ich Bin wirst in der Trautheit Meiner Melodie, wie in der Traulichkeit der Sphären, in die Ich dein Bewusstsein bette, als von Mir bereitet und beschert, beflügelt und zum Rahmen der Glückseligkeit geschmiedet. Sie ist dir Hof und Heimat, Grazie des Verweilens ebenso, wie die gesegnete und lichterfüllte Stätte deiner Wohlfahrt und des Seinsbehagens, das in Mir ist Ein und All geworden. Guter Freund, Ich mahne dich, ermanne dich zur Überprüfung deiner Lebensdaten, Taten und Besonderheiten, die sich mit den Meinen schlechtweg nicht verstehn. Ich durchriesle deine Seele mit dem Ruf nach Einheit deiner selbst mit Mir und mit dem Wohllaut des Befriedens, der daraus entsteht, dass alle deine Motivationen genausogut die Meinen sind im unnachahmlichen Geschwistertum, zu dem Ich dich und deinesgleichen eingeladen.

Indem du Meiner Züge Soll erlangst, wirst du das Beste an dir haben, was du dir immer denken kannst und wirst in Minne Meinem Saumpfad folgen, der zu überwältigenden Höhen führt und zur Aussicht über Mein Imperium, das Ich dir leichterdings verschenke, um dir Referenz und Achtung zu erweisen. Denn es steht geschrieben: Selig sind die in dem Herrn gestorben sind, um allsobald inmitten seiner lichten Hügel wieder aufzustehn und von dem Reich der Schatten in die Sonnenflut zu treten, die ihr Schicksals Wende ist, Wahrhaftigkeit und Schwerelosigkeit im Wirkraum Meiner Gnaden.

Mach's wie du's immer willst, doch bitte, Mein herzinniger Gespan, verlier Mich nicht aus deiner Augen Übersicht und Ritual. Betrachte dich als von Mir hochgezogen und befreie dich von dir, indem du

Bist der Herold deiner Eigenständigkeit in Meinem Sinnspruch und Gehaben, Meiner Resolutheit im Befehlen, ebenso wie Meiner Zartheit des Empfindens, wenn es darum geht, dir Vorbild, Helfer und Salut zu sein im Wirkkreis Meiner Seinsbewusstheit, die nun akkurat, bezaubernd, generös und bis ins Letzte liebenswert die deine ist geworden. Sei und sei die Güte deiner selbst im Guten, der Veredelte am Weinstock der Unendlichkeit und der Gelehrte in der Hochburg der allherrlichen Gelehrsamkeit in der Ich Bin und wese und wo du Bist das wunderbare Beispiel Meines Ideals im göttlichen Betragen und Ertragen, Poetischsein und weise und in dich gekehrt. Wende dich Mir zu, indem du zu Mir heimkehrst in die Fülle aller Redlichkeit und allen Ruhms am Leben ebenso wie ins Bestehn der Seinswahrhaftigkeit und der Glückseligkeit in Meinen märchenhaften Gärten, die nun deine sind geworden. Lebe, webe, wimme und gewinne als in der Holdseligkeit der Weiten des Elysiums, die dir bereitet sind von Mir und die dich mild und wild umfangen in der spielerischen Leichtigkeit, mit der Ich überall Mich selber Bin wie dich, im Einssein allen Seins mit dem allewigen, so zauberhaft und friedevollen, sternenkräftigen und gloriosen Weltgefüge.

7.9
Gibst du Mir, so geb Ich dir, verweise Ich dich auf den Punkt der Gegenseitigkeit im Sein und Leben, die sich abspielt zwischen der ans Weltliche gebundenen Intelligenz und Meinem allerhobenen Bewusstsein, als ein Dialog von zukunftsträchtigem Bedeuten. Menschlicher Verstand und Seinsbewusstheit sollen sich als in erhabener Geschwister-

schaft aufs Freundlichste begreifen und ihrer weiterführenden Berufung inne werden in des Daseins Aufwall, Zweck und Ziel.

Wohlberaten bist du, wenn dich Meine überaus subtil gehaltnen Äusserungen im Gemüt erreichen und, von dir in menschenweltliche Begriffe umgesetzt, jedwelchem nach der Himmelswahrheit Durstigen zu Diensten stehn. Meine Absicht ist es, Freiraum, Ungebundenheit und Geisteswissenschaftlichkeit zu schaffen, die hoch zu Häupten der Verklärten und Verwandelten erscheinen. Von diesen lässt sich sagen, dass ihr Weltbild, von dem Meinen angeregt und angelegt, die Dimensionen göttlicher Getragenheit erreicht, von der die biedern Erdenbürger auch nicht die geringste Ahnung haben. Dennoch sollen sie in einem Lernprozess von auserlesner Güte und Geduld zur Einsicht in Mein Reich der Fülle, Schöpferfreudigkeit, Galanterie des Himmels und Erhabenheit des Ewigen kommen, die ihnen zur erklärten Seinsgewissheit, inneren Sicherheit und Klargesichtigkeit verhilft von Meinem Sinn und Meinen liebevollen Gnaden.

Einbruch in die Zeit ist Meines Ewigseins Empfinden und Befinden, Ausbruch aus dem Zeitlichen soll deine gängige Parole und die Willensübung sein, die dich zum Gottesmenschen stilisiert und zur bewundernswerten Kreatur, die sich als gerundet und gesundet, weise und gewissenhaft erweist, inmitten der erklärten Unrast und Betriebsamkeit, Gelassenheit und Götterruhe der Äonen.

Relevant ist, dass du zunächst, ohne es zu wissen, in den Kontex Meiner geistesstrahlenden Lebendigkeit und Stärke eingebunden bist. Zeig dich Mir und zeige dich dem Sein gewachsen und in ihm zur Domäne deiner wahren Wirklichkeit erwählt. Erhebe dich darin zu deiner Wohlfahrt Weise und beglücke dich in deiner Welt, indem du Meiner dich versiehst und bist in ihr zum Herzensfrieden und zur reinen Seligkeit gediehen.

7.10
Malerisch und megahübsch präsentiert sich Mein gestyltes Maiensäss hieroben, wo das grosse Werk getan wird des harmonischen Gestaltens und des feierlichen Ratschlags an der Evolution der Massen, die wie irr die Tore zur Erlösung aus der Wirrsal ihrer Zeiten suchen.

Was hindert dich daran, getragnen Schreitens in Mein Reich zu steigen? Wer trägt Mein Siegel dir voran, dass du auf Meinen Weg- und Stegen Zukunft, Zuflucht und Bemeisterung findest deiner Seinsprobleme im Allhier. Ich offenbare dir, was deinem Wesen frommt, damit es sich erhebe und Vertrauen hege in Mein geistig überragend und beschaulich Weltsystem, das sich bei klugem Hinsehn als das Wirkliche entpuppt, an dem die Andern, wie an einem genial gesponnenen Gespinnste hängen, ohne dass sie's inne werden in der Seelenblindheit ihrer Züge.

Nun hast du einmal auf dem Schulbänklein gelesen, dass Ich Blinde heilte, Lahme gehen liess und stummgewordnen Kehlen Meines Worts Geläufigkeit verlieh. Und das betrifft nun dich in deinem jetzigen Befund, dem Ich das Himmelslicht verschaffen will, holdselige Beredsamkeit und ein Gehör für Feinstes, das die Menschensinne nicht vernehmen.

Ich stehe auf dem Standpunkt, dass die Sittenstränge und der unermüdlich ausgesandte Schwarm befördernder Gedanken dich unweigerlich in Meine Zelte führen, wo dich die Feuer der Begeisterung erwärmen und die linde Luft der Wohlgefälligkeit am Leben dich umweht, von Mir gezeugt und durch die Ätherwelt getragen. Ich heisse dich bei Mir willkommen, wie man Wohlbekannte und Erkannte feierlich begrüsst, wenn sie nach langer Abgeschiedenheit zur Heimat wieder kommen und zum wohlverdienten Ruhn in Seinsgefälligkeit und Frieden. Ermanne dich, den Schritt zu tun in Meine Gründe und du wirst aufblühn, wie die Primel in des Frühlings Gleissen, wie die Rose in des Sommers Morgenrot. Alles wird sein füglich und genüglich Ende haben und du wirst, zur Meisterschaft gediehen, deiner Kräfte Bund, wie Ich, hinunter in die Seinsbedürftigkeit der Welt versenden, dass ihr Wirken Anmut schaffe, Munterkeit und heilige Gewähr für Meines Himmels Helle, Heil und Wesen.

So laufen alle Dinge in dem Einen, Unerschöpflichen zusammen, das Ich Bin und das du Bist in wunderbar gesegnetem, beseligendem und befreiendem, bewusst und wonnevollem Überwinden.

7.11
Das Seelensein ist immer dazu angetan, dich in die reine Geistwelt einzuführen. Erkennen heisst hier, deine Weltendinge fein säuberlich zu trennen in das Sinnenfällige und das dem Augenblick Verborgene, das den Hütern physikalischer Gesetze und Gegebenheiten soviel Kopfzerbrechen und Verdruss bereitet, weil sie sich darob in ungezählten Spekulationen und Vermutungen ergehen müssen, die allesamt vom Neuerdachten widerlegt und als absurd bezeichnet werden können.

So sei von Mir gesagt, das Wissenschaftliche stimmt wunderbar in seinen Grenzen, so wie es eben vom Verstand erforschbar ist und von den überaus sensiblen Instrumenten, die den Forscherblick bis ins Unendliche hinaus zu dehnen scheinen.

Doch irgendwo weit draussen bleibt er stehn, als wie vor einem Abgrund, der ihm deutet, hier kannst du nicht hinüber, ohne eine Herzensbitte auszusprechen die da lautet, hilf Mir, unbekannter Gott und Geist, dein Wesens Attitüde, Sein und Wirken zu erkennen, das sich hinter den Erscheinungen verborgen hält in überaus erhabenem Verfügen. Auf deine Bitte hin kann Ich dir dann erleuchtend und begütigend erscheinen und deinem lauschenden Gemüt den Wahrspruch der Allherrlichkeit und wahren Wirklichkeit voll Sanftmut offenbaren. Da wird es sich ergeben, dass du inne wirst, wie sehr Mein Sein in deines ist geflossen, so dass du unumstösslich auf Mich zählen kannst in allen deinen Angelegenheiten und Verknüpfungen, in denen du dich künftig völlig unbesorgt bewegen kannst von Mir behütet und mit Genialität begabt, beglückt und eingefügt in Meines Himmels liebevolle Sphären. Als dein Erretter tret Ich vor dich hin und heisse dich in Meinem überirdisch reinen Reich aufs Herzlichste willkommen. Ja, folge Mir, Ich weise dir die Wege, die dich glücklich machen, gläubig und gehorsam Meinem Wort, aus dem sich Lebenslust und Friedefertigkeit und wunderbar gesättigte und liebevolle Harmonie ergeben.

Ludwig Weibel, geboren 1933
Lebt in CH-9200 Gossau/St.Gallen
Studienabschluss als Fernmeldetechniker
Schriftstellerische Berufung zur
"Philosophie des Seins" für vife Geister.
Erstellt elegante Graphiken mit einem
Pendel-Apparat. (Siehe Buchumschlag)
Homepage: www.das-sein.ch